Rainer Hüls

Die Hand am Ohr

Eine kleine Geschichte der Hörhilfen

INNOCENTIA VERLAG©

Impressum

Innocentia Verlag, Hamburg 2009
ISBN 978-3-9808107-3-9

Idee und Text: Rainer Hüls
Zeichnungen: John Gurche, Fritz Wendler, Rainer Hüls, Björn Lindner
Satz, Druck und Gestaltung: Compactmedia Hamburg
Bildrecherchen: Rainer Hüls
Bildbearbeitung: Compactmedia Hamburg
Grafiken und Bildretuschen: Björn Lindner
Alle Rechte vorbehalten
Bildrechte im Anhang

Inhalt

Danksagung   5

Über das Zuhören   7

Einleitung   8

Im Dunkel der Vorzeit
Das Hören begann im Wasser   10
Lucy konnte hören, aber nicht sprechen   12

Pharaonen und Cäsaren
Die Hand am Ohr   15
Die hörenden Perücken der Ägypter   16
Lichtschlangen und Hörvögel   17
Bitte um Erhörung   20
Die Hörner des Amun   21
Die Theater der Antike   22
Ohrensausen und Eifersucht   24
In den Iden des März   26
Ohrenlöffel und Trompeten   28
Der Imperator stellt sich taub   30

Horchen und Lauschen
Opium und Abführmittel   31
König Artus auf der Jagd   32
Horchgeräte im alten China   34
Die göttliche Einflüsterung   35
Die Ohrenheilige   37
Gottes Hörschlauch   39
Lauschangriff   41

Goldene Zeiten
Eine späte Entdeckung   44
Das Genie und das innere Ohr   46
Die älteste Werbung für Hörhilfen   51
Hörschalen und andere „Hörmaschinen"   52
Das goldene Zeitalter der Hörhilfen   55
Das Ohr Gottes   68
Das Missverständnis   69
Neue Ideen und merkwürdige Blüten   70

Das elektrische Zeitalter
Die Elektrifizierung des Hörens   75
Die Erfinder des elektrischen Hörapparates   81
Druckwellen und Kohlekörner   83

Inhalt

Der erste Fabrikant	87
Prominente Hilfe	91
Königliche Hoheit	94
Von Nähmaschinen zu Hörgeräten	96
Heiße Röhren	99
Große Lauscher	102
Neuanfang und Beichte	104
Premiere im Hörgerät	107
Hören mit Umleitung	112
Hoher Besuch	115
Der Mädchenschwarm	119
Verdacht in Downing Street 10	122
First Lady	125
Der große Kommunikator	128
Pressekonferenz im Weißen Haus	133
Der Staatsmann und der Scherentest	137

Das digitale Zeitalter

Immer kleiner – immer besser	141
Digital – einfach genial	146
Millionen Menschen Mut gemacht	154
Wenn die Vögel wieder singen	156
Mondlandung	158
Besuch im Vatikan	160
Die Welt soll hören!	162
Fleißige Schüler – gute Aussichten	164
Stifte, Treiber und Elektroden	168
Die Zukunft hat zwei Ohren	174
Der Hörgarten und das Haus des Hörens	177
Hör' die Welt!	180
Ausgezeichnet!	184
Vom Hörgerät zum Hörsystem	188
Hören auf der Bühne	190
Hörtest – ganz mobil	193

Ausblick

Hörhilfen im neuen Jahrtausend	197
Atome, Moleküle und Elektronen	200
Eingriffe in die Schöpfung	202

Wissenswertes   204

Prominente Hörgeräteträger   206

Bildnachweise   208

Herzlichen Dank

Mein Dank für die verschiedenen Hilfestellungen, die mir bei der Arbeit an diesem Buch zuteil wurden, geht an Anke Bayer-Ortel von der Firma Phonak, Dr. Arcan Gossler von der Firma Oticon, Sandra Peggy Reiss von der Firma Widex, Ulrike Buchweitz von der Firma Starkey, Miriam Hiltmann von der Firma Cochlear, den Sammler antiker Hörhilfen Holger Scharnberg, den Hörgeräteakustiker Jürgen Rombkowsky, den Bildbearbeiter Björn Lindner, den Layoutberatern Thomas Neddermeyer, Dennis Otto und Christian Albers von der Firma Compactmedia, den Journalisten Martin Schaarschmidt, Björn Kerzmann und die Mitarbeiter des Median-Verlages, Philip Skroska von der Bernard Becker Library in St. Louis, Claus Nielsen vom Oticon Forschungszentrum Eriksholm in Dänemark, Fried-Ludwig Conrad von der Akademie für Hörgeräteakustik in Lübeck, die Mitarbeiter der Archive von Winston Churchill, Ronald Reagan und Bill Clinton, Leonard DeGraaf vom Edison National Historic Site, Simone Rothenberger und Michael Schrodt von der Deutschen Presseagentur, Ludivine Aubin und Sonia Belli vom Verlag CPI in Paris, Marion Knossalla von Getty Images, Veronika Daubner und Madeleine Kaul von Associated Press, Dr. Christina Beste vom Forum Gutes Hören, Erika Weigmann von der Siemens Audiologischen Technik GmbH.

Rainer Hüls

Rainer Hüls, geb. 1947 in Hamburg, hat zum Thema Hören und Hörhilfen bisher die Bücher „Schon gehört?" (1997), „Die Geschichte der Hörakustik" (2000), „Pssst! Haben Sie's gehört?" (2003) und „Der Markt für Hörsysteme" (2004) veröffentlicht, sowie etwa 450 Artikel in den Fachzeitschriften „Hörakustik", „Audio Infos", „Otology" und anderen.

Links auf dem Bild ist Ptah-hotep zu sehen. Er wird in einer Sänfte getragen und sein erster Diener macht ihm den Weg frei.

Über das Zuhören

„Wo das Hören gut ist, ist auch das Reden gut.

Gutes Zuhören ist besser als alles andere, denn es führt zu guter Rede und großer Beliebtheit.

Der Unwissende, der nicht zuhört, der bringt es nicht weit. Wissen hält er für Torheit, Nützliches für schädlich."

Aus einem Papyrus von Ptah-hotep, dem Hohepriester des Ptah, zur Zeit der 6. Dynastie (2347-2216 v. Chr.) Der Gott Ptah („der, der hört") hat nach dem Glauben der alten Ägypter die Welt durch das Wort erschaffen. Er galt auch als Heilgott für die Ohren, dem die Ägypter Bittgeschenke in Form von Ohrnachbildungen brachten.

Einleitung

Als die ersten Lebewesen das Wasser verließen, genügte die einfache Wahrnehmung der Druckwellen des Wassers zur Orientierung und Beutesuche nicht mehr. Die Luft ist zwar ein schlechterer Schallleiter als das Wasser, aber sie transportiert die weitaus größere Vielfalt an Geräuschen und Stimmen, die es nur an Land gibt.

Es war ein langer Weg, bis sich das Gehör, vor allem beim Menschen, zu dem feinen und leistungsfähigen Organ entwickeln konnte, das es heute ist. Zwar können viele Tiere einen bedeutend größeren Tonumfang hören als der Mensch, aber das ist eine hochgradige Spezialisierung, die nur auf einen einzigen Zweck ausgerichtet ist, nämlich das akustische Aufspüren einer bestimmten Beute. Der Mensch hingegen hat ein Großhirn, das aus dem bloßen Hören eine bewusste Lautbildung und schließlich eine komplexe Sprache entwickeln konnte, aus dem sich wiederum das begriffliche Denken entwickelt hat. Seine dem tierischen Gehirn weit überlegene neuronale Verarbeitungskapazität hat den Menschen darüber hinaus befähigt, durch das Hören Kunstwerke von einmaliger Schönheit und Umfänglichkeit zu schaffen.

Das Tier spricht und denkt nicht, es kann sich nichts im Geiste vorstellen und deshalb auch nichts planen und entwerfen. Der Komponist jedoch hört Melodien, die zunächst nur in seinem Kopf existieren. Er fügt sie ein in größere Zusammenhänge, verwebt sie mit vielen anderen melodischen Einfällen zu einem harmonischen Klangteppich, dem er Kraft und wechselnden emotionalen Ausdruck verleiht und in Zeitbögen entfaltet, die wenige Minuten bis zu mehreren Stunden umfassen können.

Alles das ermöglicht ein überaus feines Organ, das kleinste und empfindlichste des Menschen überhaupt. Nicht die Ohrmuschel, nicht der Gehörgang, nicht das Mittelohr mit den drei winzigen Gehörknöchelchen darin, und nicht das Trommelfell machen das eigentliche Wunder des Hörens aus, sondern das kaum erbsengroße Innenohr, das tief und geschützt im Felsenbein des Schädels liegt und durch Nervenbahnen mit den Hörzentren der Großhirnrinde verbunden ist. Das Innenohr und insbesondere die Hörzentren analysieren und interpretieren das Gehörte in wenigen Millisekunden und lokalisieren es im dreidimensionalen Raum: Vorne oder hinten? Links oder rechts? Oben oder unten? Weit entfernt oder ganz nah? Sie müssen fortwährend Entscheidungen treffen: Hohe oder tiefe Töne? Laute oder leise? Wohlklang oder Lärm? Sie müssen Musik richtig erfassen: Welche Tonart? Welches Tempo? Welcher Rhythmus? Welche Instrumente? Wie viele Stimmen? Welche Stimmung? Wenn andere Menschen zu uns sprechen, wollen wir sofort erkennen, wie die Worte gemeint sind. Wohlwollend oder herablassend? Aufrichtig oder hinterlistig?

Drohend oder freundlich? Und weil die Ohren, anders als die Augen, ein ganzes Leben lang niemals schlafen dürfen, müssen sie auch des Nachts hellwach bleiben und sofort erkennen: Alarm oder Entwarnung? Gefahr oder Sicherheit? Traum oder Wirklichkeit?

Dieses Buch ist ein unterhaltsamer Streifzug durch Jahrhunderte des Bemühens, unser Hören zu verbessern und es wiederherzustellen, wo es geschädigt ist . Viele Persönlichkeiten der Weltgeschichte und andere Prominente kommen dabei zu Wort. Einige von ihnen haben sich dazu bereit erklärt, als „Botschafter des guten Hörens", ihren Beitrag dazu leisten, den Schutz und die Wertschätzung des Hörsinns in der Öffentlichkeit und bei jedem Einzelnen zu erhöhen. Es war das Bestreben des Autors, die vielen geschichtlichen Ereignisse, Bilder und Zitate, die im Zusammenhang mit dem Thema „Die Hand am Ohr" stehen und entweder noch nie veröffentlicht wurden oder nur verstreut in den verschiedensten Publikationen zu finden sind, in einem Buch zusammen zu führen und auf Dauer festzuhalten.

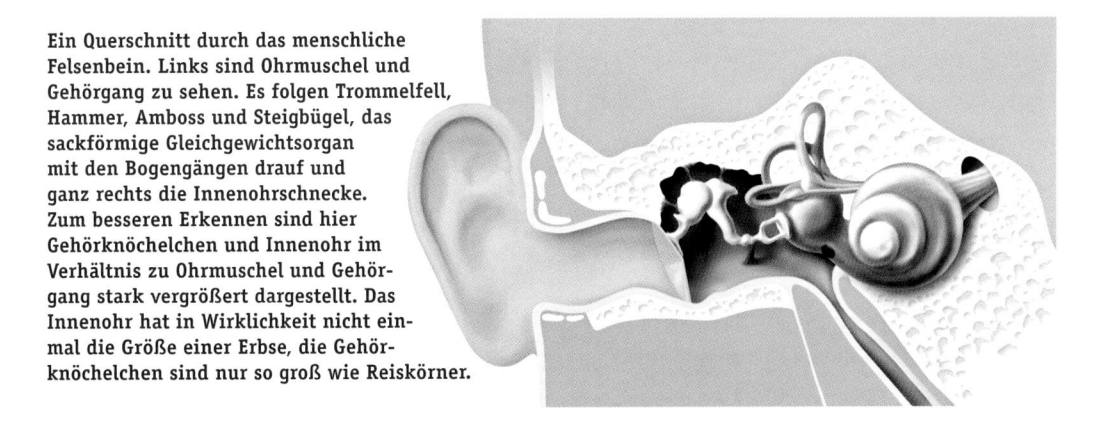

Ein Querschnitt durch das menschliche Felsenbein. Links sind Ohrmuschel und Gehörgang zu sehen. Es folgen Trommelfell, Hammer, Amboss und Steigbügel, das sackförmige Gleichgewichtsorgan mit den Bogengängen drauf und ganz rechts die Innenohrschnecke. Zum besseren Erkennen sind hier Gehörknöchelchen und Innenohr im Verhältnis zu Ohrmuschel und Gehörgang stark vergrößert dargestellt. Das Innenohr hat in Wirklichkeit nicht einmal die Größe einer Erbse, die Gehörknöchelchen sind nur so groß wie Reiskörner.

Das Hören begann im Wasser

Nachdem vor 540 Millionen Jahren die ersten Wirbeltiere in den Meeren entstanden waren, konnten sie sich nur über eine Membran an der Seite ihres Körpers und eine Reihe darunter liegender einfacher Sinnesknospen im Wasser orientieren und Beute aufspüren. Sie registrierten mit dem primitiven Sinnesorgan die Druckschwankungen des Wassers, die eine Form von Schall sind. Man kann deshalb behaupten, dass diese frühen Lebewesen bereits in der Lage waren, zu hören. Im Laufe der nächsten Jahrmillionen entwickelten sich Wirbeltiere im Wasser, die über größere Distanzen hinweg auch feinere Schwingungen wahrnehmen mussten, um Nahrung zu finden. Ihre Sinnesknospen nahmen an Zahl zu und wuchsen unter der Membran zu einem sack- oder schneckenartigen Gebilde heran, das zum Vorläufer des Innenohres wird.

Irgendwann vor 350 Millionen Jahren begannen die Wirbeltiere das Land zu bevölkern. Doch die einfachen Hörorgane, mit denen ihre Vorgänger die Schwingungen des Wassers wahrgenommen hatten, waren für das Überleben auf dem Land nicht mehr geeignet. Dort herrschten ganz andere akustische Bedingungen und eine weitaus größere Vielfalt an Schallreizen, deren Medium ausschließlich die Luft war. Die neuen Druckverhältnisse erforderten vor allem eine höhere Verstärkung, denn die Luft leitet den Schall nicht so gut wie das Wasser. Die Evolution entwickelte deshalb in den nächsten 150 Millionen Jahren aus den Kiemen und einem Gelenkteil des Kieferknochens ein einfaches Mittelohr mit den drei Gehörknöchelchen Hammer, Amboss und Steigbügel, die zwischen Membran und Innenohr wie ein Hebel wirkten, um die Schallschwingungen zu verstärken.

Die Säugetiere, die vor 200 Millionen Jahren entstanden und sich vor 65 Millionen mit dem Aussterben der Dinosaurier zu großer Vielfalt und Größe fortentwickeln konnten, waren schneller als die Reptilien und hatten einen größeren Aktionsradius. Sie mussten darum auf noch größere Distanzen hören können. Deshalb wanderten die Membran und das mittlerweile verfeinerte Mittelohr tief in den Kopf hinein und der Membran, dem heutigen Trommelfell, war nun ein Gehörgang vorgelagert, der wie ein Vorverstärker wirkte. Und schließlich kam die bewegliche Ohrmuschel hinzu, die den Schall aus verschiedenen Richtungen aufnehmen und in den Gehörgang lei-

Das Seitenlinienorgan der Fische bestand aus Sinnesknospen und ermöglichte die Wahrnehmung von Druckschwankungen des Wassers. Die Amphibien entwickelten daraus das Mittelohr.

ten konnte, wobei die Muschel wiederum für den Gehörgang eine Vorverstärkung lieferte. Sie brachte dem Säugetier zudem die Möglichkeit, die Entfernung und die Richtung der Schallquelle ziemlich genau abzuschätzen. Es konnte somit auch räumlich hören, vorausgesetzt beiden Ohren waren unverletzt und konnten zusammen wirken.

Bis heute hat sich an diesem Konstruktionsprinzip nichts mehr geändert und auch der Mensch hört auf diese Weise. Nur die Ohrmuschel ist bei den meisten Menschen nicht mehr beweglich.

Lucy konnte hören, aber nicht sprechen

Am 30. November 1974 hatte der Paläoanthropologe und leidenschaftliche Fossilienjäger Donald Johanson aus Cleveland eine sensationelle Entdeckung gemacht. Es waren nur 47 Knochen und Knochensplitter, die er aus dem Staub Äthiopiens freigelegt hatte, aber sein geschultes Auge hatte gleich den Umriss eines menschenähnlichen Wesens darin erkannt.

Auf der Jagd musste Hören und Sehen aufeinander abgestimmt sein. Auszug aus einem Gemälde von Fritz Wendler.

Ihm war sofort klar, was dieser Fund für die Wissenschaft bedeutete. Er hatte nicht nur einen einzelnen Knochen von einem Vormenschen gefunden, sondern ganze Teile seines Skeletts. Noch wichtiger war, dass dieses Skelett, obwohl ihm noch 160 Knochen fehlten, groß genug war, um eine ganz wichtige Annahme über die Evolution des Menschen in Frage zu stellen. Bisher hatte man geglaubt, die Primaten hätten frühestens vor 1,8 Millio-

Lucy, wie der Künstler John Gurche sie sich vorstellt.

nen Jahren, mit dem Erscheinen des Homo erectus, den aufrechten Gang gelernt. Dieses Skelett zeigte aber an der typischen Form des Beckenknochens, des Oberschenkelhalses und des Sprungbeins, dass dieser Hominide auf zwei Beinen gelaufen ist. Und er war mindestens 3,1 Millionen Jahre alt, wahrscheinlich sogar 3,8 Millionen Jahre! Es handelte sich um ein weibliches Exemplar, das 1978 den wissenschaftlichen Namen „Australopethicus afarensis" erhielt, benannt nach der Afara-Ebene, in der man das Skelett gefunden hatte. Johanson taufte die Vormenschenfrau aber spontan „Lucy", weil er an dem Tag, als er sie fand, mehrmals ein Lied dieses Namens von den Beatles gehört hatte. Und unter diesem Namen wurde sie auch berühmt und ihr rekonstruiertes Gesicht ging um die ganze Welt.

Lucy war viel stärker gefordert als alle anderen Primaten zuvor. Wegen klimatischer Veränderungen war in Teilen Äthiopiens der Regenwald verschwunden und die Landschaft versteppt. Es genügte nicht mehr, wenn sie im Dickicht, also im Nahbereich, gut sehen, hören und riechen konnte. In der Steppe musste sie die Bewegungen und Laute ihrer Feinde schon aus weiter Entfernung sehen und hören können, um nicht zur leichten Beute zu werden. Sie war nicht größer als 1,50 Meter und nicht schwerer als 29 Kilogramm. Sie musste vor allem die Entfernung einer Schallquelle richtig einschätzen können. Dazu musste ihr Gehirn in der Lage sein, die Zeitdifferenz zu messen, mit der die Schallwellen auf dem einen Ohr früher als auf dem anderen eintrafen. Das waren nur wenige zehntausendstel Sekunden, aber daraus ließ sich die genaue Entfernung der Gefahr errechnen.

Das Gehirn der kleinen Vormenschenfrau musste wachsen, denn es sollte sehr viele verschiedene Informationen in kürzester Zeit verarbeiten. Als sie begonnen hatte, auch Fleisch, Fisch und Schalentiere zu essen, nahm sie so viele wertvolle Proteine auf, dass ihr Gehirn größer werden konnte, insbesondere das Seh- und das Hörzentrum. Beide mussten dabei zusammenarbeiten, weil die visuellen und akustischen Informationen über das, was im Gelände vor sich ging, miteinander abgestimmt werden mussten. Was in der Ferne gesehen wurde, musste sich auch akustisch in der Ferne abspielen. So haben sich die beiden Primärsinne gegenseitig unterstützt. Unverzichtbar ist dabei das räumliche Sehen und Hören, das erst durch die doppelte Anlage unserer Sinne möglich ist.

Lucy konnte gut hören, denn ihre Schläfenbeine und die angrenzende Region der Scheitelbeine waren wuchtig und das Hinterhauptbein stark verlängert. Sie hatte aber starke Augenwülste und eine flache Stirn. Das bedeutet, dass sie noch keine Frontallappen hatte, die für das abstrakte Denken, das vorausschauende Planen, die Vernunft und das Bewusstsein zuständig sind. Ohne das kann sich keine Sprache entwickeln. Sie konnte fühlen und leiden und auf Reize reagieren wie ein Tier, aber sie konnte sich kommende Gefahren nicht vorstellen, darüber nachdenken und einen Plan entwickeln wie später der Homo sapiens. Wahrscheinlich konnte sie verschiedene Laute artikulieren und bestimmten Dingen und Tätigkeiten zuordnen, denn ihr gewölbtes Schläfenbein legt die Vermutung nahe, dass sie ein sensorisches Sprachzentrum hatte. Aber das war nicht das Entscheidende. Es kam auf das motorische Sprachzentrum im linken Vorderhirn an, das Broca-Zentrum. Und das fehlte ihr.

Sie hatte sich mit ihrer sensorischen Spezialisierung in eine Sackgasse der Evolution begeben.

Es dauerte noch dreieinhalb Millionen Jahre, bis der Homo sapiens entstanden war. Seine Augenwülste waren deutlich kleiner als bei den Vormenschen und er hatte auch eine hohe und gewölbte Stirn. Er hatte überdies einen tiefer gelegenen Kehlkopf, eine frei bewegliche Zunge, ein erweitertes Rückenmark, mehr Nerven im Brustkorb für die Atemkontrolle und eine Schädelform, die den auf das Hören und die Sprache spezialisierten Arealen des Gehirns ausreichend Raum gab.

Mit dem Sprechen kam das Denken und Planen und schließlich die Intelligenz, die unsere Spezies allen anderen Lebewesen überlegen gemacht hat.

Die Hand am Ohr

Zwei hörende Ägypter. Umzeichnung zweier Details aus einem Grabrelief aus der Zeit um 1500 v. Chr.

Wann der Mensch oder sein Urahn zum ersten Mal auf die Idee kam, die Hand hinter das Ohr zu halten, um besser hören zu können, ist nicht bekannt. Wahrscheinlich hat sich die Notwendigkeit dazu erst ergeben, nachdem seine Ohrmuschel kleiner wurde und ihre Beweglichkeit verlor. Aus Gründen der Schwerhörigkeit wird diese Handbewegung nicht entstanden sein, weil die Menschen in der Vorzeit kaum älter als 30 Jahre wurden und die heute weit verbreitete Altersschwerhörigkeit noch weitgehend unbekannt war. Und wer von Geburt an taub war oder aufgrund einer Verletzung sein Gehör verloren hatte, dem nützte die Hand hinterm Ohr wenig. Sie war sie in jener Zeit deshalb weniger ein Zeichen des Nicht-Hören-Könnens, als vielmehr des intensiven Lauschens in besonderen Situationen. Die ältesten Darstellungen sind dreieinhalbtausend Jahre alt und stammen aus ägyptischen Grabreliefs. Sie zeigen einen Schüler, der seinem Lehrer zuhört und ein Mädchen, das einer Harfenspielerin lauscht. Beide waren vermutlich nicht schwerhörig, aber der Lehrer und die Lautenspielerin waren einige Schritte weit entfernt und schlecht zu hören. Die Harfe war ein sehr leises Instrument und man musste schon sehr nahe herangehen, um ihr Spiel genau verfolgen zu können.

Die hörenden Perücken der Ägypter

Goldmaske des Tut-anch-Amun (ca. 1353-1333 v. Chr.) Die gestärkten Leinenperücken der Pharaonen dienten auch dem besseren Hören bei Audienzen, weil der Bittsteller Abstand zum Gottkönig zu halten und mit gesenktem Kopf und gedämpfter Stimme zu sprechen hatte.

Die Höhe und Breite der gestärkten Perücke bewirkte Schallreflektionen des von vorne kommenden Schalls und eine Abschattung des von hinten kommenden. Das unterstützte das Richtungshören. Auch die Verlängerung der Perücke bis zur Brust hatte eine schallreflektierende Wirkung.

Die gestärkten Leinenperücken der ägyptischen Pharaonen waren nicht nur Kopfschmuck, sondern verbesserten auch das Hören, weil sie die Ohren leicht nach vorn stellten und den von vorne kommenden Schall reflektierten. Die Hilfe zum Hören war notwendig, weil sich die Untertanen ihrem Gottkönig bei Audienzen nur in gebückter Haltung nähern durften und dabei Abstand zu halten hatten. Wenn sie ihr Anliegen vortrugen, mussten sie sich bescheiden geben und durften nicht zu laut sprechen. Das kam nur dem König zu.

Die Perücken wurden in einfacher Form auch von den Beamten getragen, die auf Distanz gut hören mussten. Das war bei Schreibern, Offizieren und Baumeistern der Fall. Die Hörverbesserung wurde nicht nur durch die Reflexion des von vorne kommenden Schalls bewirkt, sondern auch durch die Abschattung des von hinten kommenden Störschalls. Darauf beruhte auch die Wirkung der Hörfächer, die im 19. Jahrhundert von vornehmen Damen auf Gesellschaften oder im Theater benutzt wurden.

Lichtschlangen und Hörvögel

Grenzwissenschaftler und Esoteriker sind seit Jahrzehnten vom Tempel der Hathor in Dendera in Oberägypten fasziniert. Es sind dort Reliefs entdeckt worden, die lange, durchsichtige Objekte zeigen, die mit einiger Phantasie als Leuchtkörper gedeutet werden können. Im Innern dieser Gebilde, die aus Glas zu bestehen scheinen, befinden sich lange Schlangen, die an Glühfäden erinnern. An die angeblichen Leuchtkörper angeschlossen sind Verbindungen, die wie Kabel aussehen und zu Kästen führen, die eine große Ähnlichkeit mit Batterien haben. Diese in der Tat verblüffenden Abbildungen haben die Forscher zu der gewagten Theorie veranlasst, die Ägypter im Altertum hätten schon die Elektrizität gekannt und damit sogar Licht erzeugen können. Vielleicht haben die Ägypter mit dieser Darstellung nur eine Sage illustriert, ähnlich wie die vom Zauberer Virgilius, die man sich im Mittelalter erzählte. Danach soll der Magier das kaiserliche Rom mit einer Lampe aus Glas

Relief aus dem Tempel der Hathor in Oberägypten. Es zeigt angeblich einen elektrischen Leuchtkörper.

erleuchtet haben, die niemals ausging. Aber Sagen haben manchmal einen wahren Kern. Sie sind die durch mündliche Überlieferung von Generation zu Generation verfälschten und nicht mehr geglaubten Erinnerungen der Völker.

Völlig abwegig ist die Theorie von den Leuchtkörpern nicht, vorausgesetzt, die alten Ägypter kannten schon die Elektrizität. Selbst das lässt sich nicht mehr so einfach verneinen, seitdem Archäologen 1936 bei Ausgrabungen in der Nähe von Bagdad ein 2000 Jahre altes und ursprünglich mit Asphalt versiegeltes Tongefäß gefunden haben, das in seinem Innern einen Kupferzylinder enthielt, der mit Säure gefüllt war und aus dem ein Eisenstab herausragte. Zwischen dem Kupfer und dem Eisen entstand eine elektrolytische Spannung, die einen schwachen Strom erzeugte. Der Zweck dieser „Batterie von Bagdad" war vermutlich das Galvanisieren von Metallen, das angeblich ebenfalls schon bekannt war. Die Elektrizität ist damit nicht, wie allgemein angenommen, erst im 18. Jahrhundert in Italien entdeckt worden, sondern schon im Altertum. Nachbauten der Batterie haben zwar ergeben, dass sie nur bis zu 2 Volt erzeugen konnten. Aber immerhin, vielleicht gab es auch größere Exemplare, die noch leistungsfähiger waren.

Die Wissenschaftler, die von der Theorie der ägyptischen Leuchtkörper überzeugt sind, haben auch die Behauptung aufgestellt, der Altar und die heilige Bundeslade der Juden, jener Kasten aus Akazienholz, der die Gesetzes-

In dieser 1934 entdeckten Gravur sehen einige Archäologen links eine Anordnung von Batterien.

tafeln mit den Zehn Geboten enthielt und seit der Zerstörung des Tempels in Jerusalem (586 v. Chr.) verschollen ist, sei in Wirklichkeit ein Horchgerät und Megaphon gewesen, vielleicht sogar eine Art Funkstation. Auch hierzu wäre die Kenntnis der Elektrizität notwendig gewesen. Mit ihrer Hilfe kann man bekanntlich

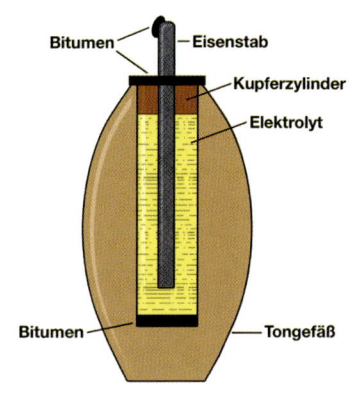

Die Batterie von Bagdad konnte je nach Elektrolyt zwischen 0,5 und 2,0 Volt erzeugen.

nicht nur Licht erzeugen, sondern auch Schall und elektromagnetische Wellen. Die Konstruktion des Altars und der Bundeslade, die Moses von Gott genau vorgeschrieben worden ist, hat nach Ansicht dieser Gelehrten alle Merkmale eines Kondensators und war mit einigen

Lichtschlangen und Hörvögel

Zusatzeinrichtungen dazu geeignet, Stimmen zu empfangen und zu hören. Im Buch Exodus des Alten Testaments ist immerhin von Gold, Kupferbeschichtungen, Platten, Gitternetzwerken und vier Kupferringen die Rede, die wie Pole angeordnet sind, und von Stangen, die Antennen sein könnten. Das war auch nötig, denn in Gottes Angesicht durfte man niemals schauen. Gott offenbarte sich Moses auf

Die tragbare Bundeslade war mit Gold beschichtet und den Flügeln der Cherubim verziert. War sie ein elektrischer Verstärker?

dem Berg Sinai durch das Wort, nicht durch sein Bildnis. Im Sohar, dem bedeutendsten Schriftwerk der mystischen jüdischen Kabbala, die ihre Wurzeln in der Thora hat, heißt es dazu ziemlich deutlich: „Und sobald die Worte herauskommen, brechen sie durch den Äther, steigen auf und fliegen durch das Universum und werden in eine Stimme umgewandelt. Und die Herren der Fittiche empfangen diese Stimme und tragen sie zum König, und sie geht in seine Ohren." Nach Ansicht einiger Wissenschaftler ist die Sache klar: Es handelt sich um die Beschreibung der Umwandlung von Sprache in elektromagnetische Wellen, mit anderen Worten um Funkverkehr. Doch möglicherweise treibt sie nur der Wunsch nach einer sensationellen Entdeckung und sie verdrängen, das in den Erzählungen des orientalischen Kulturraumes gerne symbolhaft und allegorisch fabuliert und nicht selten maßlos übertrieben wird. Es wird allgemein angenommen, dass die Fünf Bücher Moses (Thora) in mancherlei Beziehung vom Wissen der alten Ägypter inspiriert gewesen sind. So könnte es auch mit der Erzählung von der Bundeslade gewesen sein. Das Hören mit einer technischen Hilfe taucht nämlich in dem altägyptischen Mythos des Lichtbringers Thot auf.

Er ist erst später von den Ägyptern zum Gott der Weisheit erhoben worden, soll aber ursprünglich ein Überlebender der Hochkultur von Atlantis gewesen sein und als solcher über ein technologisches Wissen verfügt haben, dass den Ägyptern übermenschlich vorkommen musste. Dieser Thot soll über eine Art Sonde verfügt haben, die man wie einen Ballon aufsteigen lassen konnte und mit der man den Willen der Götter im Himmel belauschen konnte. Dieser „Hörvogel" wird von phantasiebegabten Laienforschern als Spionagesatellit und Überbleibsel atlantischen Wissens gedeutet.

Bitte um Erhörung

Die ägyptische Ohrenstele rechts unten stammt aus dem 2. Jahrtausend vor Christus und ist ein Votivstein, der den Göttern gewidmet ist. Der Auftraggeber des Steines bittet darin um Erhörung und Erfüllung seiner Wünsche. Der griechische Votivstein wurde im 6. Jahrhundert vor Christus angefertigt. Mit ihm wurden die Götter nicht allgemein – wie bei der ägyptischen Ohrenstele – um Erhörung und Erfüllung der Wünsche gebeten, sondern ganz gezielt um die Heilung einer Ohrenkrankheit.

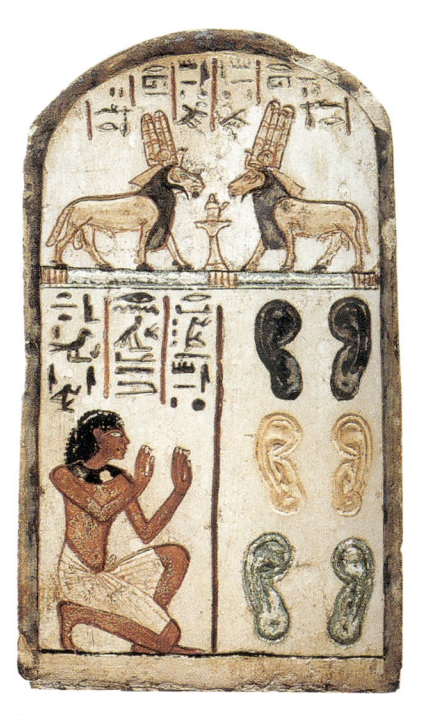

Ägyptische Ohrenstele aus dem 1. Jahrtausend v. Chr.

Griechischer Votivstein aus dem 6. Jhdt. v. Chr

Ägyptische Ohrenstele aus dem 2. Jahrtausend v. Chr.

Alexander hat sich in seiner Hochzeitsnacht nicht seiner Frau Roxane ergeben, sondern lieber dem Rausch. Im Schlaf empfängt er die Einflüsterungen eines Satyrs. Ausschnitt aus dem Gemälde „Venus und Mars" von Sandro Botticelli aus dem Jahr 1483.

Büste Alexanders des Großen.

Die Hörner des Amun

Alexander der Große (356-323 v. Chr.) schmückte sich gern mit Widderhörnern, weil er sich mit dem ägyptischen Gott Amun gleichsetzte. Auf einigen Münzen ist er mit diesem Kopfschmuck dargestellt, der in unterschiedlichen Positionen hinter dem Ohr befestigt wurde. Es ist möglich, dass ihm die Hörner nicht nur als Schmuck und Zeichen seiner göttlichen Abstammung dienten, sondern auch als Ohrenspreizer, die ihm die Hand hinter dem Ohr ersetzten. Es ist ebenso gut möglich, dass die Hörner den vorne kommenden Schall auffingen und ihn in seine Ohren leiteten. Es ist jedenfalls bekannt, dass Alexander sehr an den Naturwissenschaften interessiert war und unter anderem auch akustische Experimente durchführte. So ließ er große Schalltrichter anfertigen, mit denen feindliche Aktivitäten auch aus großer Distanz und während der Nacht gehört werden konnten. Auch die Möglichkeit, Schall durch Resonanzen zu verstärken, hatte er erkundet. In der Oase Siwa in der Sahara hatte er im Ammoneion, dem Heiligtum des Gottes Amun, einen Kriechboden über dem Empfangsraum einziehen lassen, um Gäste durch seine Priester belauschen lassen zu können. Die Konstruktion war aus dünnen Holzbalken gefertigt, die als Resonanzboden für die tiefen männlichen Stimmen wirkten.

Alexander mit Widderhörnern.

Die Theater der Antike

Antikes Theater mit akustisch vorteilhaft ansteigenden Sitzreihen. Vorne im Bild ist ein römischer Senator zu sehen, der in einer Hörmuschel sitzt, die hinter seinem Sitz angebracht ist, so wie Vitruv ihn beschrieb.

Griechen und Römer hatten bereits gute Kenntnisse in der Akustik. Anders wäre es nicht möglich gewesen, die großen Theater, die bis zu 20.000 Zuschauern Platz boten, so zu bauen, dass die Zuschauer auf allen Plätzen gut hören konnten. Ermöglicht wurde dies durch die steil ansteigenden und halbkreisförmig angeordneten Sitzreihen, die den von der Bühne kommenden Klang der Stimmen und Musikinstrumente ebenso zurückwarfen wie die hohe und breite Bühnenrückwand. Neben den großen offenen Theatern gab es auch kleine, die seitlich von Mauern begrenzt waren und Dächer aus Holz hatten. Das ermöglichte eine ebenso gute Akustik, weil die Wände und Decken den Schall reflektierten.

Eine große Rolle für die Akustik spielten die Theatermasken, die nicht nur der Dramatisierung bestimmter Charaktere dienten, sondern auch der Sprachverstärkung. In den Masken aus Terrakotta oder Holz befanden sich trichterförmige Mundstücke, die bestimmte Tonlagen verstärkten, je nach dem, welche Rolle gespielt wurde und ob es sich um einen männlichen oder weiblichen Darsteller handelte. Besonders die für das Sprachverstehen wichtigen Töne gewannen dadurch an Schärfe und Klarheit. Die Masken strahlten den Schall nicht nur direkt nach vorne ab, sondern auch zu den Seiten, sodass alle Zuschauer die Schauspieler gut verstehen konnten.

Der berühmte römische Architekt Marcus Vitruvius Pollio (55 v.Chr. bis 14. n. Chr.), der in den Diensten des Kaisers Augustus stand, hat in seinen zehn Büchern über die Architektur genau beschrieben, wie man den Klang von Musikinstrumenten im Theater noch besser verstärken könnte. Dazu sollten unter den vorderen Sitzreihen „eherne Schallgefäße" für verschiedene Tonlagen installiert werden, die wie Resonanzkörper wirken und die Musik effektvoll verstärken sollten. Er bezog sich dabei auf „die alten Baumeister", was darauf hindeutet, dass diese Technik bereits den Griechen bekannt war. Es ist beeindruckend, was Vitruv vor mehr als zweitausend Jahren schrieb:

„Die Stufenfolge im Theater wird so eingerichtet, dass unter Beachtung der Tonmessungen der Mathematiker und der Gesetze der Musik jede Stimme auf der Bühne heller und wohlklingender zu den Ohren der Zuschauer gelangt, ohne Widerhall für die ganz unten und die ganz oben Sitzenden. So wird sich nach dieser Berechnung die Stimme von der Bühne wie von einem Mittelpunkt aus im Halbkreis verbreiten und durch den Eintritt in die Höhlung der einzelnen Schallgefäße Konsonanzen hervorrufen und an Deutlichkeit gewinnen." Er beklagte aber, dass es „aus

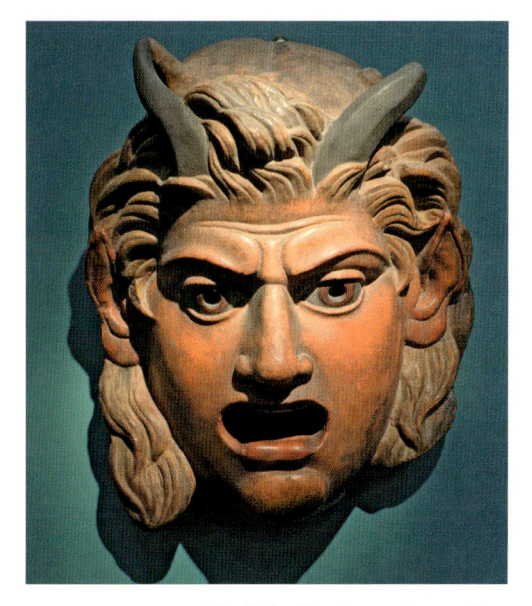

Römische Theatermaske aus dem 1. Jahrhundert n. Chr., einen Satyr darstellend. Das Original wurde in Pompeji gefunden.

Mangel an Geldmitteln in Rom keine solchen Schallgefäße gibt, sondern nur in den Städten der Griechen." Doch selbst die seien leider nicht aus Eisen geschmiedet, sondern nur aus Tonerde geformt, was sie sehr zerbrechlich mache. Vitruv schlug auch vor, hinter den Sitzen der Senatoren muschelförmige Reflektoren aus Metall anzubringen, wodurch der von vorne kommende Schall verstärkt und der von hinten kommende ferngehalten würde. Möglicherweise hatte er dabei an schwerhörige Senatoren gedacht, die trotz ihres privilegierten Sitzplatzes vor der Bühne Probleme hatten, dem Geschehen zu folgen. Vielleicht sollte diese Einrichtung aber auch vor neugierigen Blicken und Wurfgeschossen des Publikums Schutz bieten.

Ohrensausen und Eifersucht

Die Übersetzung altorientalischer Keilschriften hat gezeigt, dass der Tinnitus („Wenn die Ohren schreien") das häufigste aller Ohrenleiden im alten Mesopotamien gewesen ist, denn keines wird öfter erwähnt und für keines werden mehr Remeduren beschrieben. Das mag überraschen, denn eigentlich gilt der Tinnitus als typische Zivilisationskrankheit. Litten die Bewohner von Babylon und Assur bereits vor 3500 Jahren an zuviel Stress und Lärm? Vermutlich ja, denn Babylon war eine Millionenstadt wie später das Rom der Kaiserzeit. Der Dichter Martial (40-102 n. Chr.) beschrieb und beklagte in seinen Epigrammen ausführlich den unerträglichen Lärm in der Metropole, der nicht einmal in der Nacht verstummte und den Römern den Schlaf raubte. Als Heilmethode gegen den Tinnitus wurden in Mesopotamien Tampon-Einlagen, die Beräucherung des Gehörganges und das Aufsagen von magischen Beschwörungen versucht. Die Griechen und Römer behandelten ihn hauptsächlich mit einer Mischung aus Essig und Kräutersäften, die sie mit einem speziellen Striegel („strigilis") in das Ohr träufelten, oder sie betäubten das Ohr mit Opiaten. Dabei sahen sie den Tinnitus nicht unbedingt als Krankheit an, sondern auch als Gedankenübertragung und göttliche Einflüsterung. Hatte ein Knabe auf dem rechten Ohr Geräusche, galt er als Medium der Götter, waren sie auf der linken Seite, als Medium der bösen Mächte. Der berühmte römische Arzt Galenius (130-200 n.Chr.) war anderer Meinung. Er sah als Ursache nur Blähungen und „dicke Säfte im Kopf".

Für die berühmte lesbische Dichterin Sappho (612-560 v.Chr.) im alten Griechenland war

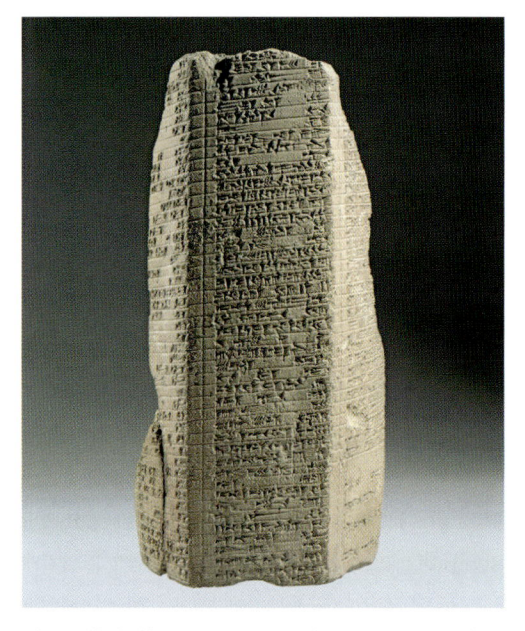

Alte Keilschrift aus Mesopotamien um 1.500 v. Chr. Einige erwähnen Ohrgeräusche als ein häufiges Leiden.

Die Dichterin Sappho, wie ein Maler in Pompeji sie sich im 1. Jahrhundert n. Chr. vorstellte.

Valerius Catullus liest seinen Schülern aus seinen Gedichten vor. Ein russisches Gemälde von 1885.

der Tinnitus eine unvermeidliche Begleiterscheinung der Eifersucht. Sie klagte über ein „Dröhnen und Brausen" in den Ohren, wenn sie sah, wie sich eine ihrer Schülerinnen mit einem Jüngling einließ. Sie beschrieb ihre Gefühle in einem leidenschaftlichen Gedicht, das dem römischen Dichter Catull (84 v.Chr.- 54 n.Chr.) so gut gefiel, dass er es noch einmal mit eigenen Worten niederschrieb. Auch ihm dröhnte es in den Ohren, allerdings nicht, weil ein Mädchen sich mit einem Knaben vergnügte, sondern ein abtrünniger Knabe mit einem Mädchen. „Die Ohren klingen mir und brausen! Es wird mir schwarz vor Augen!"

Was hier zum Schmunzeln Anlass gibt, ist in Wirklichkeit ein Leiden, welches das Leben eines Menschen sehr beeinträchtigen kann. Ganz heilbar ist der Tinnitus bis heute nicht. Der Tinnitus ist sehr oft, etwa in jedem zweiten Fall, mit einer Schwerhörigkeit verbunden.

In den Iden des März

William Shakespeare hat in sein Drama „Julius Cäsar" eine Szene eingefügt, in der er Cäsar (100-44 v. Chr.) zu Marcus Antonius sagen lässt: „Komm an meine rechte Seite, denn mein linkes Ohr ist taub." Außerdem verlangte er, dass man ihn ansah, wenn man mit ihm sprach. Er war offensichtlich schwerhörig und auf das Ablesen der Lippen angewiesen. Zudem war sein räumliches Hören stark beeinträchtigt, weil ihm nur noch ein Ohr zur Verfügung stand. Er konnte nicht feststellen, aus welcher Richtung ein Geräusch kam und aus welcher Entfernung. Auch die Fähigkeit, Sprache aus Lärm herauszufiltern, war nicht mehr vorhanden.

Shakespeare beschreibt das in der Szene, wo ein blinder Wahrsager den Imperator vor den Iden des März warnt. Cäsar hat zwar gehört, dass ihn jemand ruft, aber er hat die Worte nicht verstanden und nicht die Richtung erkannt, aus der die Stimme kam. Cäsar wendet seinen Kopf fast hilflos hin und her, um den Rufer in der Menge zu entdecken, bis schließlich Casca eingreift und dem Volk gebietet: „Still da! Ein jeder Lärm soll schweigen!" Der Blinde wiederholt seine Warnung: „Cäsar! Nimm vor den Iden des März dich in Acht!"

Aber Cäsar versteht ihn immer noch nicht und Brutus muss ihm die Worte wiederholen: „Es ist ein Wahrsager, der Euch vor den Iden des März warnt!" Doch Cäsar will keine Schwäche zeigen und ignoriert die Warnung. Er geht die Stufen zur Curie hinauf und betritt die Halle, in der bereits die Senatoren auf ihn warten. Mehrere Senatoren rufen ihm etwas zu und bedrängen ihn. Cäsar wird unruhig, wendet sich nach links und rechts, dann nach hinten und wieder nach vorn, aber er versteht nichts und kann nicht hören, wer von wo im Gedränge zu ihm spricht.

In seinem Rücken naht Casca, ruft etwas, doch Cäsar hört es nicht. Casca greift nach seinem Dolch und führt den ersten Stoß von hinten kommend und mit langem Arm Cäsar umgreifend nach vorne in dessen Hals. Zweiundzwanzig weitere Dolchstöße folgen von vorne und hinten und der mächtigste Mann des Imperiums bricht mit den Worten zusammen: „So falle denn, großer Cäsar!" Dabei zieht er die Toga über seinem Gesicht zusammen, um Blut und Wunden zu bedecken. Kein Klagen, kein Schmerzensschrei ist von ihm zu hören. Die Welt soll sich an einen Cäsar erinnern, der zu sterben wusste.

Julius Cäsar. Wahrscheinlich hat Shakespeare, der sich eng an historische Vorlagen hielt, eine antike Quelle benutzt, die von Cäsars einseitiger Taubheit berichtet.

Joseph L. Mankiewicz hat die Szene, wo Cäsar Antonius auf seine rechte Seite bittet, 1953 in dem Film „Julius Cäsar" festgehalten. Links Louis Calhern als Cäsar, rechts Marlon Brando als Antonius.

Ohrenlöffel und Trompeten

Laiendarsteller des Kulturvereins Furthmühle-Pram in Oberösterreich als Soldaten der 15. Legion, genannt „Apollinaris", so wie sie um 70 n. Chr. ausgesehen hat. Rechts: Ohrenlöffel zum Reinigen des Gehörgangs.

Ein Fund in der Gegend von Kalkriese bei Osnabrück zeigt, dass die militärische Führung der Römer auch auf die Gesundheit der Ohren und die Erhaltung des Hörvermögens seiner Legionäre achtete. Zu ihrer Marschausrüstung gehörte nämlich ein Kulturbeutel, in dem sich außer Rasiermesser, Kamm, Schabeisen und Öle zum Rasieren und Waschen auch ein Ohrenlöffel (specillum auricularium) befand, mit dem man Ohrenschmalz, kleine Insekten und Schmutz aus dem Gehörgang entfernen konnte.

Auf dem Gelände des Freilichtmuseums Kalkriese befindet sich auch ein großes Hörrohr. Besucher können ihr Ohr an das kleine Ende des Rohres halten und es in alle Richtungen drehen. Auf diese Weise können sie belauschen, was im Wald vor sich geht. Das Museum hat dieses Rohr zur Unterhaltung der Besucher installiert, es hat aber einen historischen Hintergrund, denn seit dem 6. Jahrhundert vor Christus wurden von den Griechen große Horchgeräte zu militärischen Zwecken gebaut und bei Nacht und Nebel und in bewaldetem Gelände eingesetzt. Von Schalltrichtern zur akustischen Observierung von Feinden oder verdächtigen einzelnen Personen wird nicht nur in der Antike berichtet, sondern auch im Mittelalter und später.

Drehbares Horchrohr im Varus-Schlacht Freilichtmuseum in Kalkriese bei Osnabrück. Es ist nicht auszuschließen, dass die Römer derartige Instrumente in unübersichtlichem Gelände verwendet haben.

Ein Signalhorn der Germanen. Die Schallverstärkung funktionierte auch umgekehrt und man konnte damit auch hören. Ein Laiendarsteller des Museums Kalkriese.

Das Museum steht an der Stelle, wo man den Ort der Varusschlacht (9 n.Chr.) vermutet. Die römischen Legionen benutzten zu Signalzwecken drei verschiedene Blasinstrumente (cornu, tuba, buccina).

Die Tuba soll der Arzt Archigenes als Hörhilfe empfohlen haben („tuba sonitu"). Wahrscheinlich wurde sie dazu gekrümmt und das Mundstück verändert.

Ein Legionär bläst die Cornu zum Angriff.

Die römische Tuba wurden beim Militär, aber auch bei Festlichkeiten eingesetzt.

Der Imperator stellt sich taub

Der römische Kaiser Hadrian kam 112 n. Chr. bis nach Britannien. Auf der Fahrt über die raue Nordsee soll er trotz schneidender Kälte eine Kopfbedeckung abgelehnt haben, um seinen Soldaten ein Beispiel für Ausdauer und Härte zu geben. Die Folge war eine Mittelohrentzündung, in deren Folge er schwerhörig wurde.

Von dem römischen Kaiser Hadrian (76-138 n. Chr.) berichten antike Quellen, dass er beim Hören die Hand hinters Ohr gehalten haben soll, weil sein Gehör – vermutlich in Folge einer Mittelohrentzündung – geschädigt war. Zudem wurde er im Laufe der Jahre so lärmempfindlich, dass er sich jedes unnötige Geräusch in seiner Umgebung verbat und sich mit seinen Dienern und Gästen zeitweilig nur über Schrifttafeln verständigte. Wenn ihm Bittsteller lästig wurden, konnte er sich auch ganz taub stellen und es sind Anekdoten überliefert, wonach es dadurch mitunter zu komischen Situationen gekommen ist. Doch Hadrian, der Misanthrop und Melancholiker, soll es mit Humor genommen haben.

Ob er jemals ein Hörrohr ausprobiert hat, ist nicht bekannt. Die Möglichkeit, einen Trichter oder eine Röhre als Hörhilfe einzusetzen, ist aber schon bekannt gewesen, denn der römische Arzt Galenius (129-199 n. Chr.) berichtet, dass sein Vorgänger Archigenes solche Instrumente bei Schwerhörigkeit empfohlen haben soll. Archigenes galt als Modearzt für die feine römische Gesellschaft und behandelte schon Hadrians Vorgänger, Kaiser Trajan (35-117 n. Chr.).

Opium und Abführmittel

Zu Hadrians Zeit gab es sogar schon spezialisierte Ohrenärzte. Der erste „medicus auricularius", der namentlich bekannt ist, hieß Titus Aelius Amintas und lebte im 2. Jahrhundert n. Chr. Zu seiner Zuständigkeit gehörten die Behandlung äußerer Verletzungen des Ohres einschließlich der Herstellung von Ohrprothesen, die Linderung von Ohrenschmerzen sowie die Reinigung des Gehörganges und die Entfernung von Fremdkörpern und Insekten. Zu seinen Instrumenten gehörten langstielige Löffel, Pinzetten, Häkchen, Striegel, Skalpelle und Sonden. Bei Schwerhörigkeit und Ohrensausen konnten die Ärzte meistens nicht helfen, weil sie die anatomischen und neurologischen Ursachen noch nicht kannten. Das Innenohr hatte der Arzt Galenius zwar schon in Augenschein können, indem er mit kaiserlicher Erlaubnis getötete Gladiatoren sezierte, doch blieb ihm dessen Bauweise und Funktion ein Rätsel. Das Mittelohr nahm er gar nicht erst zur Kenntnis, zu winzig waren dessen Gehörknöchelchen. Doch immerhin hatte er schon eine Erklärung dafür, warum die Ohren der Menschen so klein sind. Er schrieb dazu: „Wären die Ohren des Menschen so groß wie zum Beispiel bei Pferden, Eseln oder Hunden, so würde dies zu großen Unbequemlichkeiten führen, wenn man einen Helm oder Hut aufsetzen will."

Der griechische Arzt Galienus (129-216 n.Chr.) war der führende Anatom seiner Zeit und beeinflusste die Medizin noch im Mittelalter. Durch Sektionen an getöteten Gladiatoren entdeckte er das Innenohr.

Bei Ohrgeräuschen konnte er dem Patienten vorübergehend mit Opium Linderung verschaffen, doch die verordneten Abführmittel bei Schwerhörigkeit dürften kaum die richtige Wirkung gehabt haben. Heftig schimpfte er über einen Kollegen, der einem Patienten, dessen Gehörgang entzündet war, Pfeffer in denselben geblasen hatte. Der Patient bekam daraufhin rasende Ohrenschmerzen und war drauf und dran, sich vor Verzweiflung das Leben zu nehmen.

König Artus auf der Jagd

König Artus benutzte auf der Jagd wahrscheinlich ein Horchrohr wie das im Mittelalter bei Adeligen verbreitet war. Diese Miniatur befindet sich heute in der französischen Nationalbibliothek und stammt aus dem 12. Jahrhundert. Es ist die älteste Abbildung eines Trichterrohres zum Hören.

Eine Miniatur aus dem 12. Jahrhundert zeigt den von Sagen umwobenen König Artus und „Herrn der wilden Jagd", wie er mit seinen Begleitern zu Pferde einem Hirsch nachstellt. Dabei hält er ein trichterförmiges Gebilde an sein rechtes Ohr, um die Brunftschreie der Hirsche aus größerer Distanz hören zu können. Diese Abbildung, die Teil eines mittelalterlichen Manuskriptes ist und heute in der Französischen Nationalbibliothek aufbewahrt wird, zeigt die älteste bekannte Darstellung einer Hörhilfe. Vielleicht hat der Künstler dieses Instrument, das im Mittelalter von hohen Jagdgesellschaften als Horchinstrument benutzt worden ist, dem König nur nachträglich angedichtet. Vielleicht ist sie aber ein Hinweis darauf, dass Hörrohre schon sieben Jahrhunderte früher benutzt worden sind. Möglich wäre das, denn Artus war nach Meinung vieler Historiker kein walisisch-britischer König, sondern ein römischer Feldherr im 5. Jahrhundert, der gegen die in Britannien eindringenden Angeln und Sachsen gekämpft hat. Hatten die Römer das Wissen vom Hörrohr in Britannien hinterlassen? Auf jeden Fall beweist diese Darstellung, dass das Hörrohr nicht erst 1650 von Athanasius Kircher erfunden worden ist, wie es die medizinhistorische Literatur behauptet, sondern schon lange vorher. Auch eine Schrift des griechischen Arztes Alexander von Tralles (525-605 n.Chr.) widerlegt diese Behauptung, denn dort wird bereits der Gebrauch eines Hörrohres bei Schwerhörigkeit erwähnt.

Wahrscheinlich handelte es sich bei Artus' Horchgerät um eine mit Ochsenhaut bespannte Konstruktion aus Holzstäbchen, ähnlich wie ein Lampenschirm. Möglicherweise ist diese Technik von den Chinesen nach Europa gekommen, denn ein chinesisches Militärhandbuch aus der Song-Dynastie (960-1279) beschreibt mit Ochsenhaut ummantelte Horchgeräte. Sie dienten den Soldaten gleichzeitig als Köcher und als Kopfstütze beim Schlafen, mit dem nützlichen Nebeneffekt, dass die bei Nacht herannahenden Feinde Vibrationen der Hautbespannung auslösten und die Soldaten aufweckten.

Es gibt einen weiteren Hinweis, dass Hörrohre bereits im 12. Jahrhundert bekannt waren. Spanische Mönche der Glaubensgemeinschaft der Albigenser, benannt nach der Stadt Albi in Südfrankreich, sollen mittelalterlichen Berichten zufolge mit Tierhörnern experimentiert haben, um ihren schwerhörigen Brüdern und anderen Menschen zu helfen. Da es in jener Zeit noch keine medizinische Wissenschaft gab, stand die mittelalterliche Klostermedizin in hoher Blüte und brachte nicht nur eine Fülle an Heilmitteln hervor, sondern auch einige Hilfsmittel.

Die Albigenser waren auch unter dem Namen Katharer („Ketzer") bekannt und fielen größtenteils dem „Ketzerkreuzzug" von 1209 bis 1229 unter dem unduldsamen und machtbewussten Papst Innozenz III. zum Opfer, später auch der Inquisition. Einige von ihnen konnten in den Nordwesten Frankreichs bis nach Angers entkommen. Dabei sollen sie einige Hörrohre mitgenommen haben, von denen aber keines mehr erhalten ist.

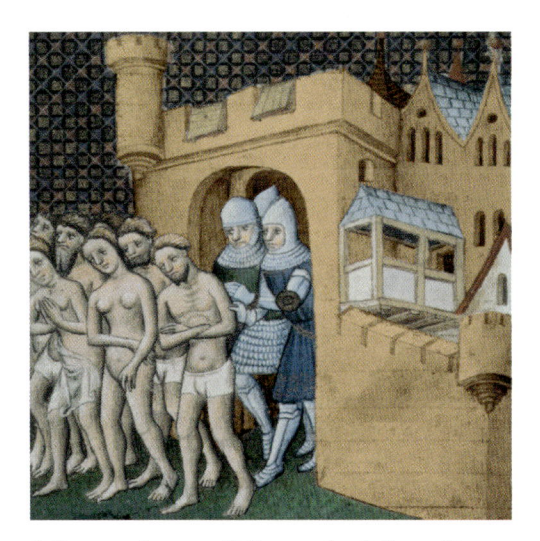

Gefangennahme von Katharern durch Kreuzritter im Jahr 1209 in der Burg Carcassonne in Okzitanien (Südfrankreich). Viele Katharer endeten auf dem Scheiterhaufen. Für die folgenden 400 Jahre gibt es keine Hinweise auf die Existenz von Hörrohren mehr.

Horchgeräte im alten China

Der Chinese Shen Kuo berichtete zur Zeit der Song-Dynastie (960-1279) über tragbare Schalldetektoren, die er „Horchkrüge" nannte:

„Ein hohler Pfeilköcher aus Ochsenhaut, als Kopfkissen benutzt, konnte den Lärm von feindlichen Pferden auf einige Meilen Entfernung wahrnehmbar machen."

Der Resonanzeffekt wurde beim chinesischen Militär auch auf folgende Weise ausgenutzt:

„Unter dem Boden der Stadtmauer wurden im Abstand von einigen Schritten tiefe Schächte gegraben. Dann wurde in jedem Schacht ein Tonkrug mit einem Volumen von etwa 80 Litern platziert. Die Öffnung des Krugs wurde mit einer Lederhaut verschlossen. So entstand eine unterirdische Resonanzkammer. Männer mit gutem Gehör wurden zum Lauschen postiert. Wenn Feinde versuchten, die Mauer zu untergraben, wurden die Horchposten durch das Geräusch, dass die Tonkrüge produzierten, alarmiert. Damit man den Feind noch genauer orten konnte, vergrub man zwei der Tonkrüge in nur geringer Entfernung voneinander in einen tiefen Schacht.

Der Gelehrte Athanasius Kircher zeichnete 1673, wie er sich die akustischen Experimente der Chinesen vorstellte und projizierte sie in die Landschaft Italiens.

Die abgebildete japanische Schallglocke aus Bronze ist ungefähr 1000 Jahre alt. Sie wurde von den Chinesen übernommen und in den Boden versenkt. Eine ähnliche Technik verwenden heute noch die Catuquinaru am Amazonas.

Nach der Differenz des Tonumfanges konnte die Richtung des Feindes ermittelt werden."

Die Chinesen kannten einem Bericht von Kung Foo Whing aus dem Jahr 968 n. Chr. zufolge auch schon ein akustisches Telefon, das mehrere hundert Meter weit reichte. Es handelte sich im Prinzip um das Fadentelefon, das 900 Jahre später von Philipp Reis noch einmal neu erfunden wurde.

Göttliche Einflüsterung

Nachdem Papst Nikolaus IV. 1292 gestorben war, blieb der Heilige Stuhl in Rom zwei Jahre unbesetzt, weil sich das Konklave nicht auf einen Nachfolger einigen konnte. Schließlich überredete man den 80-jährigen Benediktinermönch Pietro del Murrone, der keine Feinde hatte und deshalb für alle Seiten annehmbar war, sich zum Papst wählen zu lassen.

Sein langes Zögern war keineswegs auf seine Unwilligkeit zurück zu führen, sondern auf seine weise Voraussicht, dass er diesem hohen Amt aufgrund seines Alters und seiner Schwerhörigkeit möglicherweise nicht gewachsen sein würde. Außerdem war er alles andere als ehrgeizig. Es kam, wie er es selbst vorausgesehen hatte, denn schon nach drei Monaten wurde offenkundig, dass der neue Papst Coelestin V. als Nachfolger Petri überfordert war. So beschlossen einige Kardinäle, ihn zur Abdankung zu bewegen.

Doch wieder zögerte der fromme Mann, weil er der Meinung war, nicht er selbst, sondern nur Gott könne dies beschließen. Er wolle Gott dazu befragen und auf seine Antwort warten. Daraufhin ließ sich Kardinal Benedikt Gaetani eine List einfallen. Er bohrte ein

Coelestin V. empfängt die göttliche Weisung in diesem Kupferstich aus dem 17. Jahrhundert durch eine Taube. In Wirklichkeit war es ein Sprachrohr.

Loch durch die Wand, die Coelestins Schlafgemach von einem Nebenraum trennte, und schob des Nachts ein Sprachrohr durch diese Öffnung hindurch. Das Rohr hatte einen so langen Trichter, dass der Schall direkt an das Ohr des schwerhörigen Papstes geführt werden konnte. Mithilfe dieser Einrichtung flüsterte er dem Schlafenden den dringenden Rat ein, seinen Platz für einen Nachfolger frei zu machen, wobei sich der ehrgeizige Kardinal gleich selbst empfahl.

Göttliche Einflüsterung

Bonifaz VIII. (1235-1303) war Jurist und sehr an den Wissenschaften interessiert. Die Kenntnisse über die Anantomie des Ohres brachte er allerdings nicht voran, weil er das Studium des Körpers als frevelhaft verbot. 1303 entging er nur knapp einem Attentat.

Das Mittel wirkte. Coelestin erwachte am Morgen mit der Überzeugung, Gott sei ihm im Traum erschienen und habe ihm die Anweisung zur Abdankung gegeben. Er wollte wieder nur der einfache Benediktinermönch Pietro del Murrone sein und in sein Kloster zurückkehren. Doch der listige Kardinal, der wie geplant zum neuen Papst Bonifaz VIII. gewählt wurde, ließ ihn festnehmen und in den Kerker werfen. Der Grund waren Meinungsverschiedenheiten innerhalb der Kurie über die Zulässigkeit der Abdankung Coelestins.

Der neue Papst befürchtete, dass es darüber zu einem Schisma der Kirche kommen könnte und die Anhänger Coelestins dessen Wiedereinsetzung und seine eigene Absetzung betreiben könnten. Seine Befürchtungen erwiesen sich als nicht unberechtigt, denn 1303 war es seinen Feinden gelungen, ihn festzunehmen und in Haft zu nehmen, woraus Bonifaz von seinen eigenen Anhängern aber bald wieder befreit wurde.

Coelestin V. hatte von alledem nichts mehr mitbekommen. Er starb 1296 im Kerker. 1313 wurde er heilig gesprochen.

Die Ohrenheilige

Eine Legende besagt, dass Oranda, die Tochter des irisch-schottischen Vizekönigs Frochard, im 6. Jahrhundert zusammen mit ihrer Gefährtin Cyrilla nach Lothringen gekommen sei, um dort als Missionarin zu dienen. Eine andere Quelle behauptet hingegen, sie sei die Tochter eines lothringischen Herzogs gewesen, der sie wegen ihrer Schwerhörigkeit verstoßen habe. Oranda soll daraufhin ein tiefes Mitgefühl für alle Menschen überkommen haben, deren Ohren erkrankt waren und die nicht mehr hören konnten. Sie lebte fortan als Einsiedlerin und Glaubensbotin in Lothringen, kümmerte sich liebevoll um Ohrenkranke und heilte viele von ihnen durch das Auflegen ihrer Hände. Aus Oranda („die Anbetungswürdige") und der sich langsam einbürgernden Schreibweise „Oranna" wurde deshalb im Volksmund bald „Ohr-Anna". Sie heilte nicht nur, sie soll auch selbst auf wundersame Weise von ihrer Schwerhörigkeit geheilt worden sein. Sie gilt heute als Schutzheilige für alle, die an Kopfschmerzen, Schwindelgefühlen und Taubheit leiden, und auch ganz allgemein für den Raum Deutsch-Lothringen.

Die Ohrenheilige

Die Oranna-Kapelle in Überherrn bei Saarlouis.

Die heilige Oranna mit dem Ohr. Eine Skulptur von 1760.

Viele Ohrenkranke pilgern heute aus ganz Deutschland und aus Frankreich nach Berus in der Gemeinde Überherrn bei Saarlouis und bitten in der Kapelle St. Oranna um den Beistand der Heiligen.

Sie setzen sich die „Kopfwehkrone" auf und benetzen ihre Ohrläppchen mit dem Wasser aus dem Oranna-Brunnen. Die Abbildung rechts oben zeigt eine Skulptur aus dem Jahr 1760, die heute in der Kapelle zu sehen ist. Die Heilige hält mit der rechten Hand ein Kreuz und mit der linken ein Ohr als Ausdruck ihrer besonderen Zuständigkeit für die Ohren und die Hörgesundheit.

Wenn die Anbetung der heiligen Oranna nichts bewirkte, konnte es der Schwerhörige auch mit einer Beschwörungsformel versuchen, die auf die beliebte Volksmedizinerin Hildegard von Bingen (1098-1179) zurückgeht. Dazu musste man einem Löwen das rechte Ohr abschneiden und es unter Hersagung eines frommen Spruches über das schwerhörige Ohr des Patienten halten. Es musste aber das rechte Ohr des Löwen sein, andernfalls blieb die Beschwörung wirkungslos. Linke Ohren standen bei Hildegard für Feigheit und Kraftlosigkeit und waren nicht zu gebrauchen. Die Redensart, jemand sei „linkisch" hat hier ihren Ursprung.

Gottes Hörschlauch

Über dem Seiteneingang der Würzburger Marienkapelle kann man eine einzigartige mythologische Darstellung aus dem Jahr 1425 sehen. Sie zeigt Gott, der mit seiner rechten Hand das dünne Ende eines langen Schlauches an den Mund hält und in den Schlauch hinein spricht. Dessen dickes Ende führt an Marias Ohr, die auf diese Weise Gottes Wort hört, das in Form des Jesuskindes Fleisch wird. Das wird dargestellt, indem das Kind bäuchlings auf dem Schlauch zu ihr hinunter gleitet. Der Erzengel Gabriel assistiert Gott, indem er Maria das Wort Gottes auf einem Spruchband zeigt: „Ave Maria gracia plena, dominus tecum" (Gegrüßet seist du Maria, voll der Gnade, der Herr ist mit dir).

Maria empfängt die Worte Gottes durch einen Hörschlauch. Eine Darstellung im Portal der Marienkapelle Würzburg von 1425.

Gottes Hörschlauch

Die Taube an Marias Ohr symbolisiert den Heiligen Geist.

Diese Darstellung der Verkündigung und Empfängnis Marias entspricht der im Mittelalter weit verbreiteten Vorstellung von der Empfängnis durch das Hören. Sie könnte auch ein weiterer Hinweis darauf sein, dass man bereits zu dieser Zeit gewusst hat, dass sich unsichtbare Medien, wie es der Schall ist, durch Röhren und Schläuche weiterleiten lassen.

Interessant ist auch, dass das Ohr in der ägyptischen und griechischen Mythologie, und seit dem 12. Jahrhundert auch in der christlichen, nicht nur ein Organ der Empfängnis, sondern auch eines der Geburt war. Zeus gebar seine Tochter Athene aus dem Ohr. So sind auch die Seligsprechungen des Ohres durch die Heiligen des Mittelalters zu verstehen: Das Ohr ist heilig, es ist die direkte Verbindung zum unsichtbaren Gott.

Das führte leider auch zu der Überzeugung, dass jemand, der nicht hören kann, von Gott nicht geliebt wird.

Im Detail sieht man, dass auch hier eine Taube das göttliche Wort übermittelt.

Das gesprochene Wort Gottes wird in Form des Jesuskindes zu Fleisch. Es gleitet den Hörschlauch hinab zu Marias Ohr, durch das sie nicht nur hört, sondern auch empfängt.

Lauschangriff

1673 erfand Athanasius Kircher die „Ellipsis otica". Vermutlich wollte er herausfinden, wie sich Sprache auf kurze Distanz verstärken lässt. Zugleich hatte er etwas im Sinn, das man heute eine Gegensprechanlage nennen würde.

Er war der Schwarm der Wissbegierigen und Esoteriker seiner Zeit, weil er nicht nur wie Leibniz, Newton, Descartes, Kepler und Galilei die Natur und das Universum erforschte, sondern den Menschen zugleich die Welt erklärte, indem er die exakten Wissenschaften mit Mystik und Magie verband und dabei seiner Phantasie und seinen Gedankenexperimenten freien Lauf ließ. Kein anderer Gelehrter seiner Zeit bedurfte deshalb so sehr der schützenden Hand der Päpste, um den Häschern der Inquisition zu entkommen. Manches, was Athanasius Kircher (1602-1680) sagte, schrieb und zeichnete war ungeheuerlich, weil es im Schöpfungsplan nicht vorgesehen und in der Heiligen Schrift nicht enthalten war, so seine Theorie von der Weltseele, die alles Sein durchdringt. Besondere Brisanz erhielt sein Werk, weil er in den Fragen des Glaubens kein unbedarfter Laie war, sondern ein frommer Katholik, der im Bistum Fulda eine jesuitische Internatsschule besucht und danach ein Leben als Ordensbruder geführt hatte. Er wusste genau, dass er die Kirche provozierte. Dennoch machte er Karriere: 1629 stieg er zum Professor für Moralphilosophie in Würzburg auf, machte sich dort einen Namen und wurde 1633 nach Rom an das wissenschaftliche

Lauschangriff

Kolleg der Jesuiten berufen. Papst Innozenz X., der von seiner Leidenschaft für ägyptische Hierogloyphen gehört hatte, berief ihn zum päpstlichen Berater für Ägyptologie und entzog ihn damit weiterer Nachstellungen durch die Inquisition. Als Innozenz 1655 starb, hatte Kircher wieder Glück, denn der neue Papst Alexander VII. war sein Jugendfreund Fabio Chigi, der ihn weiter schützte.

Verschiedene Formen von Abhöranlagen nach Kircher.

Kircher forschte und fabulierte, disputierte und experimentierte auf vielen Gebieten. Als Universalgelehrten faszinierten ihn nicht nur die Mathematik, Geografie, Biologie, Astronomie und Philosophie, sondern darüber hinaus ganz besonders die alten Sprachen, die Musik und die Akustik. Er baute sich ein eigenes Museum, das zum Treffpunkt der Gelehrten aus aller Welt wurde, und schrieb 30 Bücher, die er selber mit seinen Phantasien und absonderlichen Versuchsanordnungen illustrierte. Er widmete ein ganzes Buch akustischen Experimenten und entwarf eine ganze Reihe von Hörhilfen, meistens zu militärischen oder konspirativ observierenden Zwecken. Es ist das erste Buch über Akustik überhaupt und

Militärisches Horchgerät Alexanders des Großen, wie Kircher es sich dachte.

Kircher machte sich auch Gedanken über die Schallgefäße des Vitruv und stellte sie in die Nischen eines imaginären Theaters.

Athanasius Kircher (1602-1680)

erschien 1673 unter dem Titel „Phonurgia Nova". Angeregt von Alexander dem Großen, ließ er sich immer neue Konstruktionen einfallen, die das Belauschen von Gefangenen ermöglichen sollten. Athanasius Kircher gilt in der medizinhistorischen Literatur gemeinhin als der Erfinder des Hörrohres, was aber nicht zutrifft. Es war bereits den Griechen, Römern und alten Chinesen bekannt. Kircher hat alle möglichen Horchgeräte und Schallverstärker auf dem Papier konstruiert, wirklich hergestellt hat er wahrscheinlich nie eines. Gebraucht hätte er wohl eines, denn mit zunehmenden Alter wurde er schwerhörig und schließlich taub.

1680 starb der vielseitige Denker und Entdecker, der Erfinder der Laterna Magica und des bewegten Bildes, der Rechenmaschine, der akustischen Gegensprechanlage und der Entdecker des Erregers der Pest in einem Pilgerhaus in der Toskana als absonderlicher Phantast, der zum Gespött seiner Studenten und Kollegen geworden war. Zeitlebens hatte er Glück gehabt und war vom Schicksal verwöhnt worden. Sein letzter Wunsch ging indessen nicht in Erfüllung: Er träumte davon, Papst zu werden und eine neue, gute und gerechte Welt zu schaffen.

Eine späte Entdeckung

Auf dem Bild ist rechts, die Hand hinters Ohr haltend, Dietrich Buxtehude zu sehen. Es ist das einzige Bild, das von ihm erhalten ist.

Zweieinhalb Jahrhunderte lang war die Musikwelt der Meinung, dass es kein Porträt des bekannten Barock-Komponisten und Lübecker Organisten Dietrich Buxtehude (1637-1707) gibt. Das blieb so, bis 1974 ein Amerikaner, dessen Vorfahren im 18. Jahrhundert über Hamburg aus Deutschland ausgewandert waren, ein Diapositiv an das „Museum für Hamburgische Geschichte" mit der höflichen Frage schickte, ob das abgebildete Gemälde von irgendeinem Nutzen für das Museum sein könnte. Und ob es das war! Der Leiter des Museums zögerte keinen Augenblick und kaufte das Gemälde sofort, ohne nach Amerika zu reisen und das angebotene Objekt – wie sonst üblich – an Ort und Stelle persönlich in Augenschein zu nehmen. Es handelte sich um das seit dem 18. Jahrhundert verschollen geglaubte Gemälde des Holländers Johannes Voorhout (1647-1723), das der berühmte Hamburger Organist und Kunstmäzen Adam Reinken (1623-1722) im Jahr 1674 in Auftrag gegeben hatte und ihn selbst, sowie die Komponisten Johann Theile (1646-1724) und Dietrich Buxtehude beim gemeinsamen Musizieren zeigt. Ganz rechts im Bild sieht man Buxtehude im Alter von 33 Jahren. Auf seinen Knien liegt ein Notenblatt mit einer ihm gewidmeten Komposition, die wahrscheinlich von der jungen Frau stammt, die ihm die Komposition auf der Laute vorspielt. Der Maestro lauscht ihrem Spiel mit Interesse und hält dabei die Hand hinter sein Ohr, um die anderen Instrumente und das Geplauder im Hintergrund zu dämpfen und sich ganz auf den Klang des von Natur aus leisen Zupfinstrumentes konzentrieren zu können. Es ist auch möglich, dass Buxtehude bereits einen Hörschaden erlitten hat, denn Musiker sind oft über viele Stunden pro Tag hohen Schalldrücken ausgesetzt.

Drei viertel aller Musiker klagen heute über zu hohe Lautstärken beim Musizieren im Orchester und jeder vierte ist der Meinung, bereits ein eingeschränktes Hörvermögen zu haben.

Bildnis des Komponisten Dietrich Buxtehude (1637-1707). Eine junge Frau spielt ihm ihre Komposition vor und Buxtehude hört ihr mit Interesse zu. Dabei muss er seine Hand hinters Ohr halten.

Das Genie und das innere Ohr

Ludwig van Beethoven

Wie war das möglich? Da kann ein Komponist absolut nichts mehr hören und schafft einige der größten und schönsten Werke der Musikgeschichte? Selbst Menschen, die keine Beziehung zur klassischen Musik haben und sie nur selten hören, kennen ein paar Takte aus der Pathétique, der Mondscheinsonate, der Eroica, der Schicksalsinfonie, der Pastorale, dem Klavierkonzert in Es-Dur, dem Violinkonzert in D-Dur und vor allem aus der Neunten Sinfonie. Ludwig van Beethoven (1770-1827) war ohne Frage einer der größten Komponisten der abendländischen Musik. Er markierte den Übergang von der Klassik zur Romantik und wo Bach den Geist, Mozart die Heiterkeit und Wagner die Leidenschaft in die Musik gebracht haben, hat er ihr eine unvergleichbare Tiefe und Wärme gegeben. Aber Beethoven war in den letzten Lebensjahren nicht nur taub, er litt darüber hinaus gleich an mehreren Gebrechen und schweren Krankheiten. Lange Zeit hat man gerätselt, was die Ursachen dafür war. Seit 1994 herrscht darüber Klarheit.

Walter McCrone ist ein Experte für Chemomikroskopie, der international auf sich aufmerksam gemacht hatte, weil er nachweisen konnte, dass Napoleon nicht an einer Arsenvergiftung gestorben war und das Turiner Leichentuch nur ein bemaltes Tuch aus dem 14. Jahrhundert ist und nicht das Leichentuch von Jesus. 1994 stand er ein drittes Mal im Scheinwerferlicht der Öffentlichkeit, als er zwei Haare aus einer Locke Beethovens spektrometrischen Untersuchungen unter dem Rasterelektronenmikroskop unterzogen hatte. Dabei stellte sich heraus, dass die Bleikonzentration in Beethovens Haaren 42 mal größer war als es dem normalen Wert entspricht. Das konnte nur eines bedeuten: Beethoven war an einer Bleivergiftung gestorben. Man hatte das schon früher vermutet, denn er trank täglich ein bis zwei Flaschen billigen Rotweins, der, wie damals üblich, mit Bleizucker gesüßt wurde. Dazu kam der häufige Genuss von Forellen, die in der Donau geangelt

Uwe Ochsenknecht 2007 in der Rolle des Beethoven in einem Film des ZDF.

wurden, unweit einer Papierfabrik, die Unmengen bleihaltiger Abwässer in den Fluss entließ. Gekocht und serviert wurde in bleihaltigen Töpfen und Geschirren und das Wasser in der Küche kam aus Bleirohren. Die Ablagerungen von Blei in seinen Knochen und die kontinuierliche und zeitverzögerte Freisetzung des Schwermetalls in seinen Organismus führten in den folgenden Jahren zu einer chronischen Bleivergiftung, deren Auswirkungen geradezu dramatisch waren: Außer sein Gehör verlor er auch zunehmend seine Sehkraft und litt in den letzten Jahren seines Lebens ständig an Magen- und Darmstörungen, an Krämpfen des Unterleibs, Schwindelanfällen und Erbrechen, an Gelbsucht, Gicht und Rheuma, Gleichgewichtsstörungen und Kopf- und Augenschmerzen. Besonders hinderlich war ihm eine zunehmende Schwäche des linken Armes, sodass er nur noch schlecht Noten schreiben und Klavier spielen konnte. Zwischendurch litt er an einer Bauchwassersucht, einer Lungen- und einer Darmentzündung, und am Ende seines Lebens kam noch ein akutes Leberversagen dazu, an dem er schließlich starb. Dieses Schicksal wäre Beethoven vermutlich erspart geblieben, wenn man damals die Wirkung des Bleis auf die Gesundheit schon gekannt hätte und er nicht der irrigen Auffassung gewesen wäre, der Rotwein sei die beste Medizin gegen seine Leiden.

Es gab zwar den Verdacht, dass Blei gesundheitsschädlich sein könnte, man wusste aber nicht in welcher Menge und mit welchen Wirkungen. Hinzu kam, dass Beethoven als Patient sehr ungeduldig und unseinsichtig war und darauf bestand, dass nicht er, sondern seine Ärzte für seine Gesundheit verantwortlich seien. Weil deren Heilkünsten unter diesen Umständen enge Grenzen gesetzt waren und Behandlungserfolge sich oft nicht einstellen wollten, wechselte er zwölf Mal den Arzt. Bemerkenswert ist, dass er nicht etwa diese ungewöhnliche Anhäufung von Krankheiten, die er letztlich mit großer Tapferkeit ertrug, als sein „Hauptübel" bezeichnete, sondern den Verlust seines Gehörs. Die Musik und das Komponieren waren so sehr der Mittelpunkt seines Lebens, dass ihm das Gehör als das wichtigste aller Organe erschien. Das Blei und der Alkohol schadeten seinem Körper,

Beethovens mittelgroßes Hörrohr.

Sein Kopfbügel-Hörrohr.

seiner Schaffenskraft und seinen genialen musikalischen Imagination aber nicht.

Der bekannte Neurologe Oliver Sacks ist der Meinung, Beethoven habe seine musikalische Genialität erst entwickeln können, nachdem er ertaubt sei. Er habe des Öfteren beobachtet, dass sich das Gehirn kompensatorisch verhalte, wenn die sinnliche Wahrnehmung eines Menschen ausfalle. Wenn ein Mensch zum Beispiel sein Gehör verliere, könne er unter Umständen ein sehr großes musikalisches

Das Genie und das innere Ohr

Vorstellungsvermögen entwickeln. Studien mit Versuchspersonen hätten gezeigt, dass musikalische Imaginationen das Hörzentrum der Großhirnrinde ebenso stark aktivieren könnten wie das tatsächliche Hören von Musik. Die Beobachtungen gingen sogar noch weiter: Auch die motorische Großhirnrinde werde durch das Phantasieren oder Erinnern von Musik angeregt, insbesondere wenn der Betreffende in seiner Vorstellung nicht bloß hört, sondern auch ein Instrument spielt.

Die „überwältigende und gelegentlich hilflose Empfänglichkeit unseres Gehirns für Musik" sei bei vielen hochmusikalischen Menschen zu beobachten und habe alle Anzeichen einer Halluzination, die durch eine Frontallappenepilepsie ausgelöst werden könne. So berichtete Tschaikowsky, er habe nachts oft nicht schlafen können, weil er die Musik in seinem Kopf nicht abstellen konnte. Sacks weist auch darauf hin, dass selbst eine sehr früh erworbene Taubheit kein Hindernis sei, Musik zu genießen. Als Beispiel nennt er die gefeierte Vibraphonistin und Perkussionistin Evelyn Glennie, die seit ihrem zwölften Lebensjahr gehörlos sei. Sie sei sehr empfänglich für Rhythmen, die sie als Schwingungen wahrnehme. Sacks könnte mit seiner These, Beethoven Genie habe sich erst mit seiner Taubheit entwickelt, Recht haben. Denn es fällt auf, dass die bedeutendsten Werke Beethovens ab etwa 1808 entstanden sind, als sein Gehör sehr stark nachzulassen begann und schließlich völlig ausfiel. Die Neunte Sinfonie und die Missa Solemnis entstanden sogar im Zustand völliger Taubheit und er hat beide Werke niemals in unserem Sinne hören können. In seinen frühen Jahren dagegen waren seine Kompositionen weniger das Ergebnis genialer Eingebungen als harter Arbeit gewesen.

Er selbst hatte 1802 die Vision, dass seine Ertaubung eine besondere Prüfung, ja vielleicht sogar eine einzigartige Gabe seines Schicksals sei. In diesem Jahr war er zunächst angesichts der Unabwendbarkeit seiner Ertaubung in eine so Tiefe Krise gestürzt, dass er sein Testament schrieb und seinen Freitod ankündigte. Aber wenig später, nachdem er eine neue Melodie mit seinem „inneren Ohr" gehört hatte und sie dringend notieren musste, schöpfte er neuen Lebensmut und stürzte sich erneut in die Arbeit, die alles übertraf, was er bis dahin geleistet hatte.

Das Genie und das innere Ohr

Eine Zeit lang konnte Beethoven noch eine gewisse Hörverbesserung durch den Gebrauch eines Hörrohres erreichen. Das hatte ihm der Instrumentenbauer Johann Nepomuk Mälzel angefertigt, der zu einigem Ruhm gekommen Bleis auch seine Hörnerven zerstört worden waren. Beethoven lastete den Misserfolg seiner Hörversuche Mälzel nicht an, weil er wusste, dass seine Hörrohre keine Wunder vollbringen konnten.

Beethovens großes Hörrohr

war, weil er das Metronom erfunden hatte. Mälzel ersann zwar vier verschiedene Formen von Hörrohren, doch nur eines davon benutzte der Meister gelegentlich. Obwohl sie den Schall um 15 bis 20 Dezibel verstärken können, war es im Falle Beethovens zu spät. Sein Innenohr war bereits so stark geschädigt, dass auch ein modernes Hörgerät, das bis zu 85 Dezibel Verstärkung erreichen kann, nichts mehr bewirkt hätte. Ja selbst ein Innenohr-Implantat, wie es sie heute gibt, wäre nicht mehr von Nutzen gewesen, weil durch die Wirkung des

Sein kleines Hörrohr mit Kopfbügel.

Im Gegenteil, aus Dankbarkeit für seine Arbeit komponierte er ihm eine Melodie, die er im 2. Satz der 8. Sinfonie noch einmal verwendete und ihm somit ein bleibendes Angedenken sicherte.

Die älteste Werbung für Hörhilfen

All Sorts of Trumpetts and Kettle Drums, ffrench Hornes, Speaking Trumpetts, Hearing Hornes for Deafe people & all Sorts of powder flasks and allso Wind Gunes Made and Minded by William Bull Trumpett maker to his Maiestie Who liveth att the Signe of the Trumpett and Horne jn Castal Street Neare the Muyse.

Diese Werbung mit Abbildungen von Trompeten, Sprachrohren und Hörrohren datiert wahrscheinlich aus dem Jahr 1666. Es ist der älteste bekannte Prospekt, der auch Hörhilfen anbietet. Er wurde von dem Fabrikanten William Bull veröffentlicht, der zwar zunächst nur Kesselpauken, Musik-Trompeten und Sprachrohre herstellte, aber bald auf den nahe liegenden Gedanken kam, auch Hörrohre für Schwerhörige in Serie herzustellen und zum Kauf anzubieten. Bull war 1666 von König Charles II. (1630-1685) zum königlichen Hoflieferanten für Trompeten ernannt worden.

Hörschalen und andere Hörmaschinen

**Das Rauschen, das man in einer Meeresmuschel hören kann, beruht auf Resonanzen der Muschelwände, hervorgerufen durch die immer vorhandenen Umweltgeräusche. Die Phönizier sollen Muscheln umgedreht, an der Spitze durchbohrt und dann als Hörrohre zu militärischen Zwecken benutzt haben.
Ein Gemälde von Mary Walles (1877-1916)**

Medizinalrath Eduard Schmalz (1801-1871), praktizierender „Gehör- und Spracharzt" zu Dresden, beschäftigte sich 1847 in seinem Buch „Über die Erhaltung des Gehöres" auch mit der Wirkung und dem Nutzen von „Hörmaschinen" aller Art. Die hätten drei wichtige Aufgaben, nämlich „eine größere Menge von Schallwellen aufzufangen, die in den Wänden des Instruments entstehenden Schwingungen zu verstärken und sie unmittelbar in den Gehörgang zu leiten." Dieses sei möglich mit Hörmuscheln, Hörbechern, Hörschirmen, Hörkelchen, Ohrtrichtern, Hörtrompeten und Hörstühlen.

Doch ganz zufrieden ist Schmalz mit den Hörmaschinen nicht, denn die meisten produzierten außer der Verstärkung erwünschter Töne auch „ein sehr unangenehmes und störendes Summen und Brausen im Ohr", welches von dem Drucke herrühre, den die in das Ohr eingeführten Hörstöpsel auf die Nerven des äußeren Ohres ausübten. „Es ist nicht zu leugnen, dass die Gehörnerven reizbarer Personen hierdurch leicht abstumpfen können, was einige Ärzte veranlasst hat, Hörrohre für schädlich zu erklären. Damit sind sie aber zu weit gegangen, denn bei gewissen Arten von Schwerhörigkeit ist gerade das Brausen des Hörrohres sehr nützlich, weil es den Gehörnerven aufregt und somit das Verstehen erleichtert."

Als Nachteil empfindet er die Auffälligkeit der Hörmaschinen, denn damit würden die Schwerhörigen den „spöttischen Bemerkungen unbescheidener Menschen ausgesetzt." Doch der Medizinalrat weiß Abhilfe: „Die Beobachtung nun, dass die meisten Schwerhörigen ihre Hände hinter das Ohr zu halten pflegen, um die Auffassung der Töne zu erleichtern, brachte mich auf die Idee meiner Hörschalen, welche ich seitdem in den

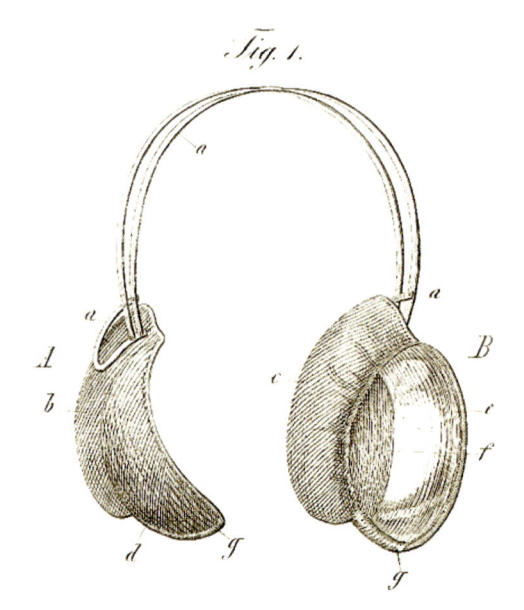

Die Hörschale von 1837 bildet die hohle Hand nach und schützt zugleich vor Kälte und Wind.

meisten Fällen von mäßiger Schwerhörigkeit mit Nutzen angewendet habe. Ihre Bestimmung ist es, teils das Ohr etwas nach vorne zu drängen, um es in die zum Hören günstigste Lage zu bringen, teils als Schallfang zu dienen, um durch die in das Ohr zurückgeworfenen Schallwellen den Ton zu verstärken." Seine Hörschale preist er auch als Schutzvorrichtung gegen Erkältungen an: „Die beschriebene Maschine dürfte noch den Nutzen haben, dass sie bei großer Kälte, noch mehr aber bei heftigem Winde, den Schwerhörigen während

Hörschalen und andere Hörmaschinen

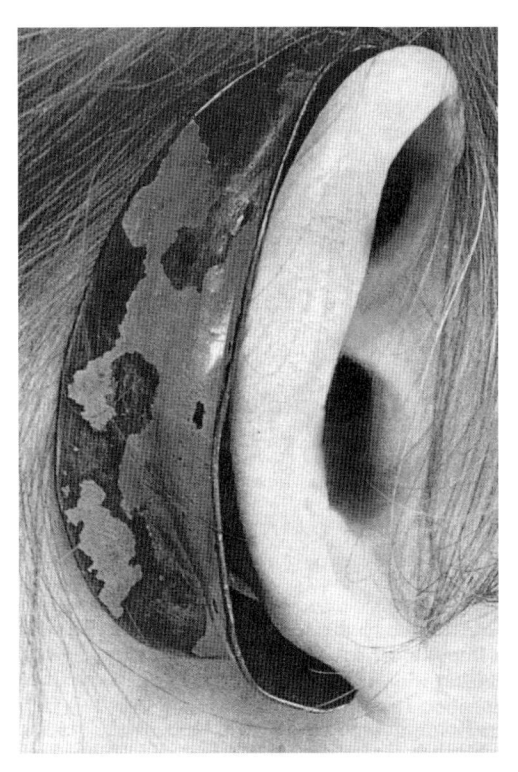

Das Otaphone von 1847 wird hinter das Ohr geklemmt und richtet so die Ohrmuschel nach vorne. Das erspart die Hand hinterm Ohr.

des Ausgehens vor Erkältung schützt, ohne jedoch die Ohren zu erhitzen."

Sein bekannter Kollege, der Ohrenarzt Dr. Wilhelm Kramer (1801-1875), hielt dagegen nicht viel von den in Mode gekommenen „Hörmaschinen". Er schrieb 1837 über das „Otaphone", ein zwei Finger breites Blech, das hinter die Ohrmuschel geklemmt wurde und diese im Winkel von 45 Grad nach vorne bog: „Eine große Zahl Schwerhörender schaffte sich das Otaphone an und trug es in sicherer Erwartung der verheißenden Stärkung ihres leidenden Gehörorgans. …Sein Erfinder rühmte sogar, dass es dem Gesichte einen jugendlichen und geistreichen Ausdruck verleihe… Die Zeit wird ihre Hoffnungen bald zunichte machen. …Dennoch wird es dem Publikum mit zuversichtlicher Dreistigkeit als nützlich und zweckmäßig vorgeführt…Immer ist dieser Vorteil nur gering und bei weitem nicht so groß, als wenn der Patient seine Hand hinter das leidende Ohr hält."

Dr. Wilhelm Kramer (1801-1875)

Das Zeitalter der Hörrohre

Ab dem 17. Jahrhundert wurden Hörrohre zunächst nur vereinzelt als Weiterentwicklung der bereits bekannten Sprachrohre hergestellt, denn ihre aufwendige handwerkliche Fertigung war für das einfache Volk nicht erschwinglich. Auch starben die Menschen meistens noch so jung, dass es die altersbedingte Schwerhörigkeit noch nicht in dem Maße gab, wie es heute der Fall ist. Man schätzt, dass im Altertum und Mittelalter nur etwa fünf von hundert Personen Hörstörungen hatten, heute sind es zehnmal so viele.

Mit Beginn der industriellen Revolution im 18. Jahrhundert, die mit einem starken Wachstum der Bevölkerung und einer steigenden Lebenserwartung einherging, lohnte sich zunehmend die serielle Herstellung von Hörrohren. Sie kamen geradezu in Mode und wurden, weil sie zum Teil recht kostspielig waren, sogar als Statussymbol betrachtet. Ihre Erfinder waren Physiker, die ein besonderes Interesse an der Akustik hatten, Ärzte und Geistliche, die schwerhörigen Menschen helfen wollten, und geschäftstüchtige Händler, die einen großen Bedarf für Hörhilfen voraussahen. Die Hersteller waren Metall verarbeitende Handwerker und Fabrikanten von Blasinstrumenten. Damals sagte man statt „Hörrohr" auch häufig „Schallfänger", „Ohrtrompete" oder „Stimmentrichter", und statt „Schwerhörigkeit" auch „Harthörigkeit". Das Wort hat sich im Englischen als „hard of hearing" erhalten. Heute spricht man vorzugsweise von „Hörminderung", „Hörstörung" oder „Hördefizit".

Der englische Theologe und Verleger James Hutton (1715-1795) war Führer der Moravianischen Kirche in England, die aus der tschechischen Reformation hervorging. Das Bild wurde 1786 von R. Conway gemalt und König Georg III. von England und Irland gewidmet.

Das Zeitalter der Hörrohre

Der große Reichtum an unterschiedlichen Formen und Materialien der Hörhilfen beeindruckte die Menschen und wer immer ein Hörproblem hatte und es sich leisten konnte, erwarb eines. Es gab sie bald in Form von Hörstöcken, Hörhauben, Hörhörnern, Hörhüten, Hörschaufeln, Hörvasen, Hörschläuchen, Hörpfannen, Hörglöckchen, Ohrenspreizern, Ohrschalen und Bartbügeln. Die verwendeten Materialien reichten von Schildpatt, Horn, Zelluloid, Zink, Hartgummi, Messing, Silber, Glas und Gold bis hin zu edlen Hölzern und Stoffen.

Aber es ging nicht nur um das gute Aussehen der Hörhilfen, sondern auch um deren Nutzen. 15 bis 20 Dezibel Verstärkung waren damit zu erreichen. Wenn man die Hand hinters Ohr hält, kommt man auf höchstens 12 Dezibel. Weil es sich dabei um ein logarithmisches Maß handelt, entspricht der Verstärkungsgewinn des Hörrohres gegenüber dem der hinter das Ohr gehaltenen Hand einer Verdoppelung der Lautstärke. Dabei musste man jedoch ein starkes Rauschen hinnehmen, das man von einer ans Ohr gehaltenen Meeresmuschel her kennt. Je nach der Form des Hörrohres konnte auch ein unterschiedlicher Klang erzielt werden.

Das Bedürfnis, Hörhilfen zu verbergen, kam erst Mitte des 20. Jahrhunderts auf, als Hörstörungen von den Medizinern als Krankheit oder Behinderung eingestuft wurden und die Betroffenen sich stigmatisiert fühlten. Erst in jüngster Zeit macht die Hörhilfe einen erneuten Bedeutungswandel durch und wird zunehmend so offen und selbstbewusst getragen wie einst das Hörrohr.

Der englische Maler Joshua Reynolds (1723-1792) behalf sich zunächst mit der Hand hinter dem Ohr, später benutzte er ein Hörrohr.

Hörhilfen aus dem Museum der Akademie für Hörgeräteakustik in Lübeck

Teleskop-Hörrohr aus Messing

Hörrohr aus Schildpatt

Das Zeitalter der Hörrohre

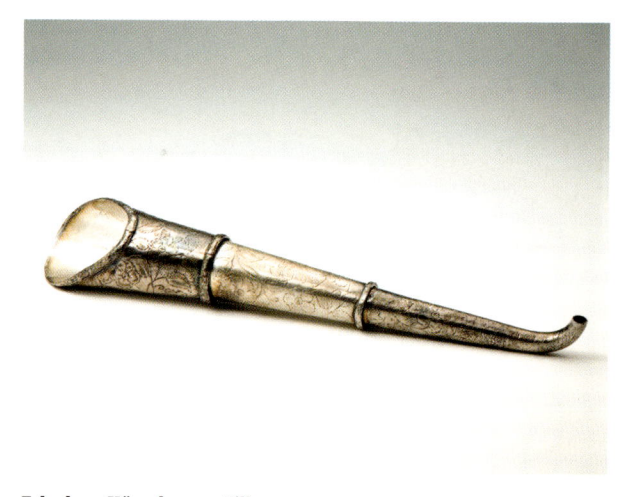

Teleskop-Hörrohr aus Silber

Joshua Reynolds Hörrohr aus Eisenblech

Heidi Mahler und Jens Scheiblich 2005 in dem Theaterstück „Das Hörrohr" am Ohnsorg-Theater in Hamburg.

Das Zeitalter der Hörrohre

Hörhilfen aus der Sammlung von Holger Scharnberg in Wuppertal, aus dem Medizinhistorischen Museum in St. Louis und dem Museum des Forschungszentrums Eriksholm in Dänemark.

Hörrohr aus Messing mit Teller-Öffnung, auch Hörpfanne genannt

Hörrohr aus Glas

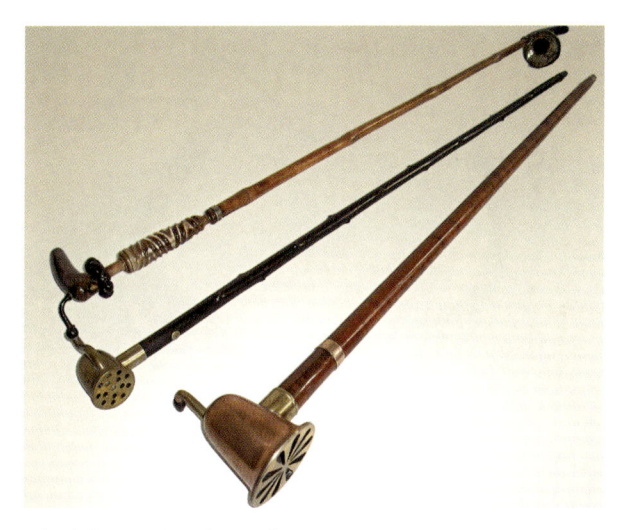

Hörstöcke zum Spazierengehen

Hörhilfe mit Kopfband zum beidseitigen Hören

Das Zeitalter der Hörrohre

Hörhilfe für den Bart mit dem Schalleinlass vorne

Tischgerät im Blumendesign

Hörbrille mit angesetzter Hörhilfe

Fächer mit angesetzter Hörhilfe

Das Zeitalter der Hörrohre

Ein Mann folgt der Diskussion seiner Kollegen mit einem Konferenzgerät. Um 1920.

Ein Mehrfach-Hörrohr für Konferenzen. Durch die verschiedenen Schallfänger konnte der Schwerhörige alle Personen am Tisch hören. Wenn allerdings alle durcheinander redeten, bekam er genau das verstärkt. Ein selektives Hören wie heute bei den modernen Hörgeräten war noch nicht möglich. Der Stutzen vorne ist für den Schallschlauch, der alle Schalleindrücke bündelte.

Sir Peter Ustinov 1987 als Beethoven am Schillertheater in Berlin.

Sir Peter Ustinov hatte nicht nur als Beethoven ein Hörproblem.

Anekdote: Der bekannte Schauspieler und zweifache Oscar-Preisträger Sir Peter Ustinov hatte 1983 das Theaterstück „Beethovens Zehnte" geschrieben, in dem er sich auf amüsante Weise mit der Vorstellung auseinandersetzte, Beethoven würde wieder zum Leben erweckt werden und in einer dilettierenden Musikerfamilie zu Gast sein, deren seichte Kompositionen mehr auf Elektrotechnik als auf musikalisches Talent setzten.

Das Stück wurde 1987 mit Ustinov in der Hauptrolle am Schillertheater in Berlin aufgeführt. Abweichend von seinem Manuskript benutzte er auf der Bühne aber lieber ein altes Hörrohr statt ein modernes Hörgerät. Auch die Intervention eines Hörgeräteherstellers half nichts. Ustinov meinte, mit einem Hörgerät, das im Ohr verschwinde, könne er seiner Rolle keine Dramatik verleihen. Beethoven habe das Rohr ins Jenseits mitgenommen und für sein neues Erdenleben wieder mitgebracht. Beethoven und das Hörrohr gehörten eben auf ewig zusammen. Ustinov hatte selbst nie ein Hörgerät benutzt, aber Presseberichten zufolge hatte er eines für seinen schwerhörigen Hund anfertigen lassen. Ob das ein typischer Ustinovscher Scherz war oder Realität, konnte nie geklärt werden.

Das Ohr Gottes

Der Sammler Arnoud Beem aus den Niederlanden demonstriert das „Ohr Gottes" in der Kirche.

Was konnte man tun, wenn ein Hörrohr mangels ausreichender Verstärkung nichts half? Ein ebenso frommer wie wohlhabender Kaufmann aus Arnheim in Holland, der den Pastor in der Kirche nicht verstehen konnte, kam 1925 auf die Idee, dass man nur ein genügend großes Hörrohr bauen musste, um das Problem zu lösen. Er ließ sich deshalb einen Schalltrichter herstellen, der stehen konnte und mit einem langen Schlauch verbunden war. Diesen Apparat stellte er während des Gottesdienstes neben die Kirchenbank und hielt das Ende des Schlauches an sein Ohr. Der Mann musste etwas von Physik verstanden haben, denn was er da ersonnen hatte, entsprach dem Prinzip der Querschnittsverkleinerung. Je größer also der Querschnitt des Trichters im Verhältnis zu dem des Schlauchendes war, desto größer musste die Verstärkung des Schalls sein. Es klappte, der Mann war sehr zufrieden und der Apparat war mehrere Jahre im Gebrauch.

Das Missverständnis

Neue Ideen und merkwürdige Blüten

König Johann VI. von Portugal und Brasilien (1769-1826) auf seinem „Akustischen Thron", den er 1819 in London anfertigen ließ. Die offenen Mäuler der Löwen sind die Schalleintritte, der Stuhl war zum Teil hohl und wirkte als Resonanzkörper.

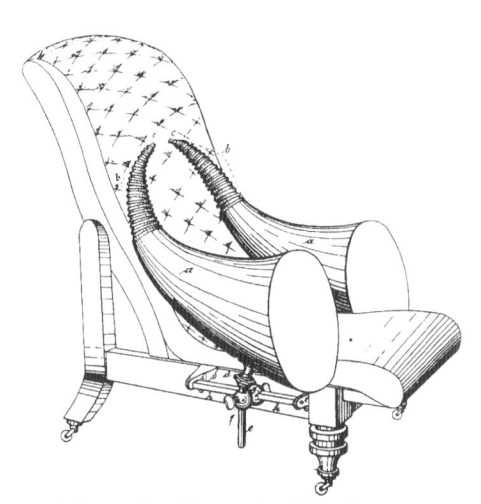

Entwurf eines Hörstuhls aus der Mitte des 19. Jahrhunderts. Die Verstärkung wäre wegen der großen Trichter und der Beidseitigkeit möglicherweise recht groß gewesen.

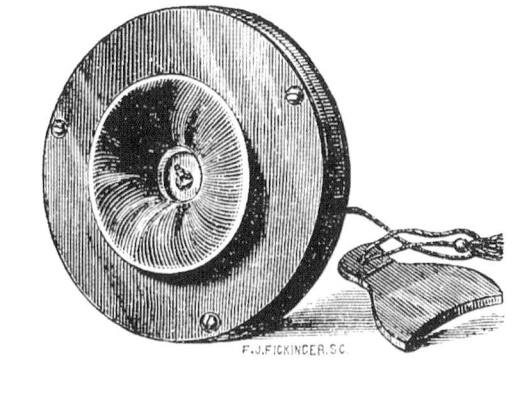

Das Dentaphone beruhte auf der Erkenntnis, dass Schall auch über die Knochen des Menschen übertragen werden kann. Der Benutzer drückte das Holzstück mit der konkaven Seite einfach gegen seine Zähne und die Vibrationen wurden über den Schädel zum Innenohr geleitet, wo sie als Schall wahrgenommen wurden. Das große runde Teil ist das Mikrophon.

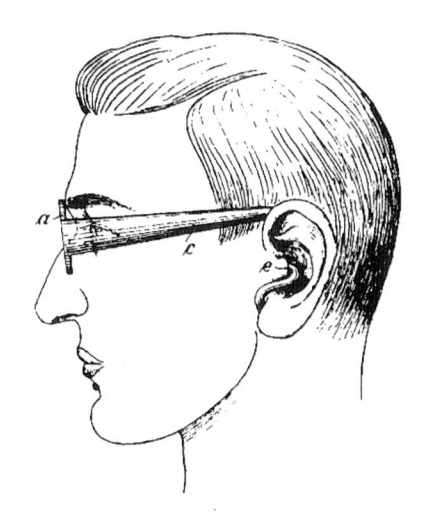

Ein kleines Hörrohr, das auf der linken Seite in einen Brillenbügel integriert worden ist. Möglich ist das auch auf der rechten Seite oder doppelseitig. Die Schallverstärkung war in jedem Falle nur sehr gering.

Neue Ideen und merkwürdige Blüten

Diese Schmuck-Hörhilfe war für die Dame. Die Brosche hielt ihre Bluse oben geschlossen. Der Schall, der durch die Öfffnung eintrat, wurde über den Schlauch zum Ohr geleitet.

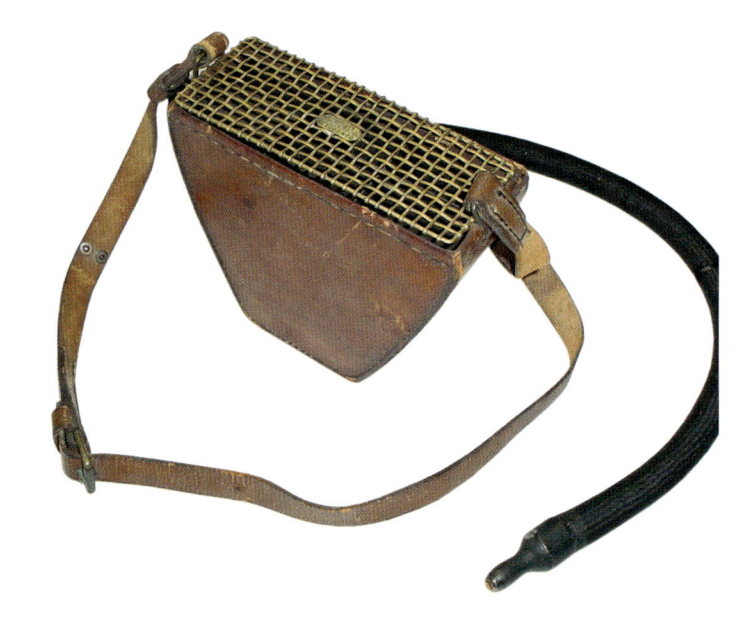

Ein Schallfänger für die Jagd. Mit dem Riemen konnte er beim Reiten bequem am Körper getragen werden. Nur bei Bedarf wurde nach dem Ohrstöpsel gegriffen.

Die Elektrifizierung des Hörens

Man könnte vielleicht meinen, der elektrische Hörapparat sei eine Weiterentwicklung des Hörrohrs gewesen. Doch das ist er nicht, denn es handelt sich physikalisch um ein ganz anderes Prinzip. Das Hörrohr fängt den Sprachschall mit seiner trichterförmigen Öffnung ein und reflektiert ihn mit zunehmender Häufigkeit an den Innenwänden des sich verengenden Rohres, so dass der Schalldruck im Verhältnis zum immer kleiner werdenden Querschnitt des Rohres zunimmt. Auf diese Weise verstärkt kann der Schall in den Gehörgang geleitet werden. Bei dem elektrischen Hörapparat wird der Sprachschall nicht wie beim Hörrohr mechanisch verstärkt, sondern elektrisch. Das geschieht im Prinzip dadurch, dass er die Schallschwingungen in elektrische Spannungsschwankungen umwandelt, diese verstärkt und am Ende in Schallschwingungen zurückwandelt, die nun größer sind als die ursprünglichen. Mikrofon und Lautsprecher sind die Schnittstellen bei der Umwandlung von Schall in elektrische Spannungen und zurück. Sie werden deshalb auch Schallwandler genannt.

Den Anstoß zur Entwicklung des elektrischen Hörapparates gab die Erfindung des Telefons.

Alexander Graham Bell (1847-1922)

Das war naheliegend, denn auch das Telefon beruht auf dem Prinzip der Schallwandlung, wobei allerdings nicht die Verstärkung das eigentliche Ziel war, sondern die Übertragung über größere Distanzen hinweg. Dabei hatten die ersten Benutzer des Telefons die Erfahrung gemacht, dass sie Sprache besser verstehen konnten, wenn sie den Telefonhörer dicht ans Ohr hielten. Das lag zum einen daran, dass die Telefonhörer nur über einen sehr begrenzten Frequenzumfang verfügten, der aber

Die Elektrifizierung des Hörens

Das Stielhörer-Telefon von Bell aus dem Jahr 1876.

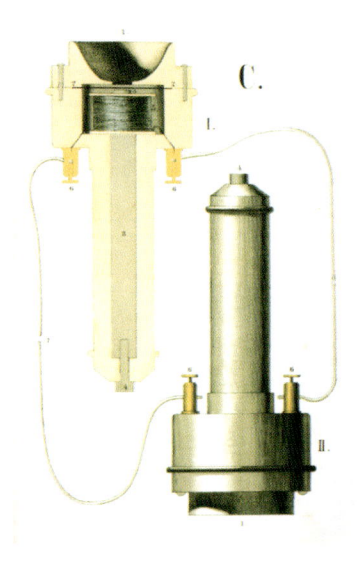

Bells Telefon im Querschnitt (links). Man sieht die Elektrospule und den langen Stabmagneten.

gerade für die Übertragung von Sprache sehr vorteilhaft ist, weil er dem Sprachverständnisschwerpunkt des Menschen bei 2,5 kHz entspricht. Zum anderen konnten die Telefonhörer die vielen störende Nebengeräusche nicht übertragen, die zumeist außerhalb ihres engen Übertragungsbereiches auftreten. Dazu kam der Effekt, dass der auf der Ohrmuschel aufliegende Hörer Störgeräusche wie ein Schutzschild vom Ohr fernhielt. Das war aber genau das, was auch für schwer hörende Menschen von Nutzen war.

Auch beim Telefon gab es zunächst nur die mechanisch-akustische Weiterleitung und Verstärkung des Schalls. Einfache Sprechverbindungen durch Rohre und Schläuche hatte es schon im Altertum gegeben und sie haben sich über das Mittelalter hinweg bis in unsere Zeit auf Schiffen, in Fabriken, Theatern, Krankenhäusern und Privathaushalten erhalten, um sich auf einfache und billige Weise von Raum zu Raum verständigen zu können. Doch das Prinzip taugt nicht für größere Distanzen. Erst die Elektrizität eröffnete diesbezüglich ganz neue Möglichkeiten.

Philip Reis (1834-1874)

Das Reis'sche Telefon

Die vergessenen Erfinder
Das Jahr 1860 markiert den Übergang von der Mechanoakustik zur Elektroakustik. Es war der deutsche Physiker und Lehrer Philip Reis (1834-1874), der auf die Idee kam, das gesprochene Wort in elektrische Schwingungen zu verwandeln, es über größere Distanzen zu transportieren und danach wieder für den Menschen hörbar zu machen.

1861 führte er in Frankfurt seinen Fernsprechapparat erstmals dem renommierten Physikalischen Verein öffentlich vor. Doch die Wissenschaftler waren davon nicht sonderlich beeindruckt, weil die Übertragungsqualität noch sehr mangelhaft war und mit der präzisen Übertragung von Nachrichten durch den Telegrafen, der schon 1837 erfunden wurde, nicht mithalten konnte. Seine Demonstration drohte sogar ins Lächerliche zu geraten, weil einer der Anwesenden den ziemlich albernen Satz „Das Pferd frisst keinen Gurkensalat" in das Mikrofon gesprochen hatte und Reis, der die Worte am Empfänger nachsprechen sollte, zunächst zögerte, weil er den Spott seiner Kollegen fürchtete. Statt den Satz nachzu-

Die Elektrifizierung des Hörens

Antonio Meucci (1808-1896)

sprechen antwortete er halb trotzig, halb belustigt: „Das weiß ich doch längst, Sie Schafskopf!" So ging die Vorführung mehr oder weniger im Klamauk unter.

Die führende deutsche Fachzeitschrift für Physik nahm seine Erfindung ebenfalls nicht ernst und weigerte sich, einen Fachartikel über „Spielzeug" zu veröffentlichen. Erst als es Reis gelungen war, seinen Fernsprecher dem Österreichischen Kaiser Franz Josef I. vorzuführen, änderte die Zeitschrift ihre Meinung und bot Reis eine Veröffentlichung an. Doch der hatte auch seinen Stolz und lehnte ab.

Reis starb 1874 mit nur 40 Jahren an Tuberkulose und hatte es versäumt, seine Erfindung rechtzeitig zum Patent anzumelden und einen Fabrikanten dafür zu finden. So geriet er in Vergessenheit und andere gelten seither als Erfinder des Telefons. Ähnlich erging es dem Amerikaner Antonio Meucci (1808-1896), der 1871 ein Telefon erfunden hatte, es aber aus finanziellen Gründen nicht zum Patent anmelden konnte. Ein anderer Amerikaner, Elisha Gray (1835-1901) hatte 1876 ebenfalls ein Telefon erfunden, war aber zu spät gekommen. Der Taubstummenlehrer Alexander Graham Bell (1847-1922) erhielt genau zwei Stunden vor Gray das Patent. Erst 2002 wurde Antonio Meucci, der das Telefon früher als Bell und Gray erfunden hatte, aber als armer Mann gestorben war, doch noch gewürdigt. Der amerikanische Kongress hatte beschlossen, dass Meucci der Erfinder des Telefons sei und nicht Bell, der überdies im Verdacht stand, die Aufzeichnungen von Meucci, bei dem er eine Zeit

Zwei Mitarbeiter des Deutschen Postmuseums in Frankfurt probieren das erste Telefon von Philip Reis aus.

lang gearbeitet hatte, mehr oder weniger abgeschrieben zu haben. Von Philip Reis nahm der amerikanische Kongress keine Notiz, obwohl er nicht nur der tatsächliche Erfinder des Telefons war, sondern auch sein Namensgeber.

Vom Telefon zum Hörapparat

Alexander Graham Bell taucht in der Literatur gelegentlich auch als Erfinder des elektrischen Hörapparats auf. Zweifellos hatte er dazu die besten Voraussetzungen, denn sein Vater war Sprachwissenschaftler und seine Mutter schwerhörig. Schon 1860, im Alter von nur 13 Jahren, hatte der gelehrige Junge eine „Sprechmaschine" entwickelt, die „Mama" sagen konnte.

Die Elektrifizierung des Hörens

Mit der Frage, wie man gesprochene Sprache elektrisch verstärken könnte, beschäftigte er sich ab 1872, um seiner Mutter und seiner gehörlosen Ehefrau zu helfen. Aber er kam dabei nicht über die Entwicklung eines optischen Apparates zur Erleichterung des Lippenablesens hinaus. Der Erfinder des elektroakustischen Hörapparates ist er ebenso wenig wie Werner von Siemens, der oft genannt wird. Von Siemens hatte 1878 zwar das „Phonophor" entwickelt, einen speziellen Telefonhörer für Schwerhörige, aber keinen Hörapparat im eigentlichen Sinne. Ab 1910 produzierte jedoch die Firma Siemens & Halske – ebenfalls unter der Bezeichnung „Phonophor" – ein Hörgerät auf der Grundlage der Ideen von Werner von Siemens, was dann zu der Meinung geführt hatte, er habe 1878 das Hörgerät erfunden.

Die Ehre gebührt allein dem Berliner Ohrenarzt Louis Jacobson (1852-1905), von dem noch die Rede sein wird. Bell's Vermächtnis bleibt die dimensionslose logarithmische Maßeinheit Bel, die uns heute vor allem als Maß für den Schalldruckpegel (Dezibel oder kurz dB) bekannt ist und die unter anderem auch in der Hörgeräteakustik eine große Rolle spielt.

Die Elektrifizierung des Hörens beschränkte sich keineswegs auf das Telefonieren. Auch das 1898 von Valdemar Poulsen (1869-1942) erfundene Drahttongerät, aus dem sich später das Tonbandgerät entwickelte, und der 1906 erfundene Sprechfunk, der eine Weiterentwicklung der drahtlosen Telegraphie von Guglielmo Marconi (1874-1937) war, beruhten darauf, Schallschwingungen - wie Sprache oder Musik - in analoge elektrische Spannungsschwankungen umzuwandeln und zu speichern beziehungsweise drahtlos über elektromagnetische Felder zu verbreiten. Diese beiden Erfindungen wurden später auch in der Hörgerätetechnik und der Hörprüfung eingesetzt, so bei der drahtlosen Kommunikation in den Schulen für schwerhörige Kinder und bei den Sprachtests in den Kliniken und bei den Hörgeräteakustikern.

Auch gibt es heute Hörgeräte, die – wenn sie beidseitig benutzt werden – per Funk miteinander kommunizieren.

Die Erfinder des elektrischen Hörapparates

Louis Jacobson (1852-1905)

Der Berliner Ohrenarzt Dr. Louis Jacobson kann als der eigentliche Erfinder des elektrischen Hörapparates angesehen werden. Warum er übersehen wurde und stattdessen in der Literatur immer der Unternehmer Werner von Siemens (1816-1892) und Miller Reese Hutchinson (1876-1944) als Erfinder genannt werden, hat verschiedene Gründe. Jacobson hatte den Apparat, auf den er 1879 ein Patent erhielt, nicht ausdrücklich als „Hörapparat" bezeichnet, sondern als „telephonischen Apparat für Schwerhörige". Tatsächlich dachte er hauptsächlich an die Weiterentwicklung des Telefons, das vielen Schwerhörigen zu leise war und dessen Klangqualität zu wünschen übrig ließ. Die vom Telefonieren unabhängige Hörverstärkung für Schwerhörige erwähnte er in der Patentschrift nur als Nebennutzen.

Er wurde auch übersehen, weil er die Erfindung eines besonders leistungsfähigen Mikrofons schon neun Monate zuvor zum Patent angemeldet hatte und es scheinbar keinen Zusammenhang mit dem zweiten Patent gab, das sich nur auf den Verstärker, den Hörer und die Stromversorgung seines Apparates bezog. Tatsächlich ist das zweite Patent aber das „Zusatzpatent" zum ersten und beide zusammen ergeben ein komplettes Hörgerät. Jacobson wies in seiner zweiten Patentschrift auch darauf hin, dass sein Apparat sowohl über die Luftleitung als auch über die Knochenleitung zur Hörverstärkung einsetzbar war. Er hatte damit bereits die beiden grundlegenden Arten von Hörgeräten beschrieben.

Und schließlich lenkte Jacobson selbst von der Bedeutung seiner Erfindung ab, indem er sie in einem Artikel in der „Deutschen Medizinischen Wochenschrift" vom 31. Dezember 1885 abweichend von der Patentschrift als „telephonischen Apparat zur Untersuchung und Behandlung des Gehörorgans" bezeichnet hatte. Das war durchaus berechtigt, denn der Apparat ließ sich mit zwei zusätzlichen Bauteilen, die ebenfalls Teil seines zweiten Patentes waren, auch gut zur „Tonbehandlung" bei chronischen Ohrgeräuschen (Tinnitus) und als „elektrische Stimmgabel" zur Prüfung des Tongehörs einsetzen.

Werner von Siemens (1816-1892) konstruierte 1878 einen Telefonapparat für Schwerhörige.

Die vielfältige Verwendbarkeit seiner Erfindung, die Jacobson für einen großen Vorteil hielt, hatte jedoch dazu geführt, dass dem Apparat das klare Profil fehlte. Er konnte zuviel. Als guter Arzt war er begeistert von dem mehrfachen medizinischen Nutzen seiner Erfindung, an die Vermarktung dachte er dabei nicht. Es wäre mit Sicherheit besser gewesen, drei verschiedene Patente und Produkte daraus zu machen und geeignete Fabrikanten dafür zu finden. Das haben später – wie so oft – die Amerikaner getan. Jacobson bleibt die Ehre, als erster die Funktionsweise des elektrischen Hörgerätes, des Audiometers und des Tinnitus-Maskers beschrieben zu haben.

Louis Jacobson, der am 1. Juni 1852 in Königsberg als Sohn eines Physik-Professors geboren wurde, wollte eigentlich Musiker werden, studierte dann aber Medizin und spezialisierte sich bei den berühmten Otologen Adam Politzer und Victor Urbantschitsch in Wien auf die Ohrenheilkunde. Er praktizierte danach als niedergelassener Ohrenarzt in Berlin und war nebenbei unter dem bekannten Professor August Lucae Assistenzarzt an der Königlichen Universitäts-Ohrenklinik zu Berlin. Er blieb über seinen Tod hinaus bekannt, weil er 1893 das „Lehrbuch der Ohrenheilkunde" veröffentlicht hatte, das Generationen von Medizin-Studenten wertvolle Dienste leistete und mehrmals neu aufgelegt wurde. 1896 gründete er eine eigene Ohrenklinik zu Lehrzwecken und wurde 1897 zum Professor ernannt. Die „Deutsche Medizinische Wochenschrift" vom 9. Februar 1905 widmete ihm einen Nachruf, in dem darauf hingewiesen wurde, dass er sich besonders mit der physiologischen und physikalischen Akustik beschäftigt hatte. Sein besonderes Interesse galt dabei immer dem Problem der Hörschärfe in Abhängigkeit von der Hörzeit. Er starb am 23. Januar 1905 an einem langjährigen Herzleiden.

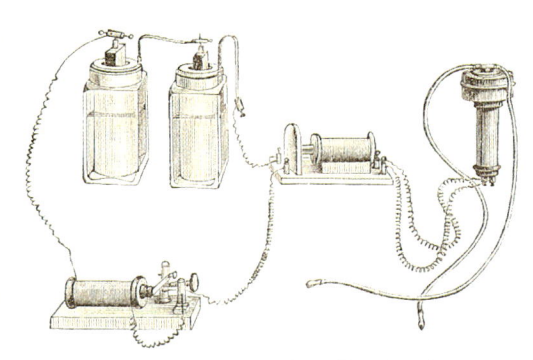

Jacobsons erstes Patent auf das Mikrophon ist datiert auf den 18. Juli 1878, Das Zusatzpatent auf den 29. April 1879.

Druckwellen und Kohlekörner

Thomas Alva Edison (1847-1931)

Die mechanische Übertragung der menschlichen Sprache war seit dem Altertum bekannt. Man rief einfach laut genug in ein trichterförmiges Rohr hinein und auf hundert bis zweihundert Meter war die Botschaft gerade noch hörbar und verständlich. Meistens dienten die Sprachrohre militärischen Zwecken oder der Verständigung von Deck zu Deck auf Schiffen. Später, in der Neuzeit, kam das Fadentelefon hinzu. 1667 schrieb der englische Physiker Robert Hooke an die Royal Society: „Ich kann bestätigen, dass ich bei Anwendung eines gestreckten Fadens den Ton plötzlich auf eine große Entfernung habe übertragen können." Und 1682 berichtete der deutsche Gelehrte Joachim Becher, dass er bei dem Optiker Franz Gründler in Nürnberg ein Instrument gesehen habe, mit dem der eine reden und der andere in einiger Entfernung das Gesagte hören könne, ohne dass auf der Strecke dazwischen ein Mithören möglich gewesen wäre. Er beschrieb damit nichts anderes als das Prinzip des Fadentelefons, das jedes Kind kennt und am besten mit einem Draht und zwei Konservendosen funktioniert. Noch 1870 wurden derartige Telefone in Serie hergestellt und die besten Fabrikate hatten eine Reichweite von 600 Metern.

Für eine Übertragung der Sprache über viele Kilometer hinweg genügte es nicht mehr, laut genug in einen Trichter zu rufen, um die Botschaft akustisch zu verstärken und in eine bestimmte Richtung zu lenken. Etwas grundsätzlich Neues musste erfunden werden. Der geniale Gedanke, der seit der Erfindung des elektromagnetischen Prinzips (1826) und der elektrischen Telegrafie (1833) früher oder später aufkommen musste, war der, die Schwin-

Druckwellen und Kohlekörner

gungen der Luft mit Hilfe der Mechanik in elektrische Schwingungen umzuwandeln und diese an einem weit entfernten Ort wieder in hörbare Schwingungen der Luft zurück zu verwandeln. Das Jahr 1837 brachte den entscheidenden Schritt in die Richtung der Elektroakustik, als der amerikanische Arzt und Physiker Charles Grafton Page (1812-1868), der gerade das Zusammenwirken von Elektromagnetismus und Mechanik erforschte, zufällig entdeckte, dass man mit einer Spirale aus Kupferdraht, die von einem galvanischen Strom durchflossen wird, einen Magneten zum Klingen bringen konnte. Es war nur ein einziger Ton, aber der mögliche Zusammenhang von elektrischer und akustischer Schwingung war zum ersten Male offensichtlich. Doch Page hatte keine Verwendung für seine Entdeckung und ließ es dabei bewenden. Erst 17 Jahre später kam der Pariser Telegrafenbeamte Charles Bourseul (1829-1912) auf den Gedanken: Wenn man durch einen Strom und eine einfache Mechanik Schall erzeugen konnte, so musste das auch umgekehrt möglich sein, nämlich den Schall über eine Mechanik in Strom zu verwandeln. 1854 fragte er sich schließlich, ob sich vielleicht sogar Sprache durch Elektrizität übertragen ließ. Sein Gedankeneingang war einfach und klar und beschreibt den Kern und Ausgangspunkt aller elektroakustischen Geräte, die noch erfunden werden sollten, vom Telefon über den Radioapparat und das Tonbandgerät bis hin zum CD-Spieler und modernen Hörgerät. Er schrieb in einer großen Pariser Zeitschrift:

„Man stelle sich vor, man spricht ganz nahe vor einer beweglichen Platte, die so biegsam ist, dass keine der Schwingungen verloren geht, die durch die Sprache hervorgebracht werden kann. Wenn diese Platte die Verbindung mit einer Batterie abwechselnd herstellt und wieder unterbricht, so könnte man an einer anderen Stelle eine zweite Platte haben, die zur selben Zeit dieselben Bewegungen ausführt."

Er beschrieb hier das Grundprinzip des Schallwandlers, der die Funktion einer elektrisch gesteuerten Schnittstelle zwischen Mechanik und Akustik hat und zur Entwicklung des Mikrofons und des Hörers und Lautsprechers führte. Doch wie so viele Erfinder vor ihm und nach ihm verstand es auch Bourseul nicht, aus seiner Erfindung ein Produkt und eine Einnahmequelle zu machen. Er starb 1912 als

Ein Hörapparat von 1910. Deutlich sieht man das Mikrofon, die Batterie und den Einsteckhörer mit dem Haltedraht.

armer Mann, wie 16 Jahre zuvor Antonio Meucci. Die Telefone von Reis, Meucci und Bell konnten die menschliche Sprache in elektrische Signale verwandeln und diese zurück in Sprache, aber entweder war die Übertragung zu leise oder sie wurde durch ein starkes Summen und Rauschen und häufige Unterbrechungen gestört. Bei Reis lag es an dem einfachen Unterbrecherprinzip, bei Meucci und Bell daran, dass sie den elektromagnetischen Hörer zugleich als Sprechteil benutzten. Das hatte außer der schlechten Tonqualität auch zur Folge, dass der Sprecher nach Ende seiner Rede den Stielhörer blitzschnell ans Ohr halten musste, um die Antwort des Gesprächspartners mitzubekommen. Auch die Reichweite war bei Reis, Meucci und Bell sehr schlecht. Abhilfe schaffte erst 1877 Thomas Edison, der in seinem Labor durch einen herumliegenden Knopf aus gepresstem Lampenruß auf den plötzlichen Einfall kam, etwas Ähnliches als Kernstück eines neuartigen Schallwandlers zu verwenden. Kohle ist bekanntlich ein elektrischer Leiter und je dichter Kohlegranulat zusammengepresst wird, desto besser leitet es die Elektrizität. Edison nahm eine flache Dose, durchlöcherte sie an ihrer Vorderseite, damit dort der Schall eintreten konnte, und brachte dicht dahinter eine Membran an, die zugleich als Elektrode diente. Die Rückseite der Dose blieb geschlossen und diente als Gegenelektrode. Zwischen die Elektroden füllte er Kohlepartikel, die in Abhängigkeit von den Schwankungen des Schalldrucks ihre Dichte änderten und damit wechselnde elektrische Spannungen bewirkten. Die wurden durch einen Draht geschickt, an dessen Ende sich ein

Druckwellen und Kohlekörner

Derselbe Hörapparat, hier mit Kopfhörer und Kopfband

elektromagnetischer Hörer befand, der die elektrischen Spannungsschwankungen wieder in hörbaren Sprachschall zurück verwandelte. Der neue Schallaufnehmer wurde Kohlemikrofon oder auch Kohlekörnermikrofon genannt. Sein Vorteil war die bessere Übertragungsqualität und die Möglichkeit, auch leise hinein zu sprechen. „Mikrofon" kommt aus dem Griechischen und heißt „kleine" oder „schwache Stimme". Es ist der erste Schallaufnehmer, für den dieses neue Wort in Gebrauch kam. Das Kohlemikrofon war auch für schwerhörige Menschen ein großer Fortschritt, weil es nicht nur akustisch besser war als die bisherigen Schallaufnehmer, sondern auch relativ klein und flach und deshalb leicht am Körper getragen werden konnte. Mit dem Stielhörer von Bell und dem Resonanzkasten von Reis war das nicht möglich. Der Anfang zur Entwicklung des Hörapparates für schwer hörende Menschen war mit dem Kohlemikrofon von Edison gemacht. In den folgenden Jahrzehnten wurden andere Systeme erfunden und andere Materialien eingesetzt, die Mikrofone wurden immer kleiner, leichter, leistungsfähiger und besser.

In den modernen Hörsystemen, die heute im Gebrauch sind und fast unsichtbar im oder hinterm Ohr getragen werden, sind so kleine Mikrofone eingebaut, dass man sie mit der Pinzette greifen muss. Oft werden sogar zwei oder drei Mikrofone in ein winziges Hörsystem eingebaut, um ein Richtungshören und Sprachverstehen zu ermöglichen, das dem natürlichen Hören sehr nahe kommt.

Der erste Fabrikant

Der hochgradig schwerhörige Thomas Edison lauscht einer Grammophonaufnahme.

Es gehört zu den Merkwürdigkeiten der Technikgeschichte, dass ausgerechnet Thomas A. Edison, der Erfinder so wichtiger akustischer Geräte wie des Phonographen, des Mikrophons, des Megaphons und des Tonfilmprojektors, nicht auch das Hörgerät erfunden hat. Edison war selber hochgradig schwerhörig und es wäre verständlich gewesen, wenn er der Entwicklung eines Hörverstärkers oberste Priorität eingeräumt hätte. Er wurde sogar dazu gedrängt. Ende 1878 hatte er in einem Interview mit der „Chicago Tribune" nebenbei über seine Hörprobleme gesprochen und erwähnt, dass er bereits eine Idee zu einem Apparat für Schwerhörige habe. Daraufhin trafen 600 Briefe von schwerhörigen Lesern bei der Redaktion ein mit der dringenden Bitte, man möge Edison dazu überreden, seine Idee schnellstmöglich in die Tat umzusetzen.

Die Verfasser der Briefe waren fest davon überzeugt, dass Edison ihre Bitte erhören würde, weil er wissen musste, wie wichtig so ein Apparat für alle Menschen mit Hörproblemen sein würde. Tatsächlich hatte Edison, der auch ein guter Geschäftsmann war und den möglichen kommerziellen Erfolg eines Hörapparates sofort richtig einschätzte, noch im selben Jahr zwei Mitarbeiter damit beauftragt, auf der Basis seines Megaphons den gewünschten Apparat zu entwickeln. Auch ein Name war schon gefunden, es sollte „Aurophone" heißen. Doch bald ließ er die Arbeit daran wieder einstellen, weil er plötzlich der Meinung war, so ein Apparat sei gefährlich, weil er die Schwerhörigkeit verschlimmern würde. Doch das war nur ein Vorwand, denn später gab er gegenüber Vertrauten zu, dass er sich besser auf seine Arbeit

Der erste Fabrikant

konzentrieren könne, wenn es um ihn herum still sei. Und was noch wichtiger sei: Er wäre dann von vielen lästigen gesellschaftlichen Verpflichtungen befreit, die ihn nur langweilen und die Zeit stehlen würden.

Es ist nur schwer zu begreifen, aber Edison hatte die Entwicklung des Hörapparates gestoppt, weil er es für sich selbst ablehnte. Das hatte dazu geführt, dass die Schwerhörigen in aller Welt noch zwei Jahrzehnte warten mussten, bis das erste Gerät auf den Markt kam. Die Erfindung des bereits erwähnten Berliner Ohrenarztes Louis Jacobson von 1878, demselben Jahr, in dem Edison sein „Aurophone" fallen ließ, hätte diese Lücke füllen können, doch sie hatte keine Beachtung und keinen Produzenten gefunden.

Miller Reese Hutchinson
1898 griff der ungewöhnlich begabte Ingenieur Miller Reese Hutchinson (1876-1944), der zeitweilig ein Mitarbeiter Edisons war, die Idee des elektrischen Hörapparates wieder auf und entwickelte den ersten funktionsfähigen Prototypen. Ein Jahr später gründete er die Firma Akouphone und stellte die ersten Hörapparate in Serie her, die den Namen

Miller Reese Hutchinson (1876-1944)

„Akoulallion" erhielten und 400 Dollar kosteten. Mit diesen Geräten hatte Hutchinson aber noch nicht den gewünschten Erfolg. Der stellte sich erst 1901 mit der kleineren und erheblich preiswerteren Version „Acousticon" ein. Die kostete nur noch 60 Dollar und war für viele Menschen erschwinglich. Hutchinson hatte auch erkannt, dass es im Zusammenhang mit seiner Erfindung wichtig werden würde, Art und Ausmaß einer Schwerhörig-

quenzen exakt messen kann. Auch das Sprachverständnis kann damit heute geprüft werden.

Weniger sinnvoll war ein Gerät, das er „Massacon" nannte. Damit sollte das Mittelohr des Schwerhörigen akustisch durch wechselnde Lautstärken massiert werden. Diese Idee folgte der falschen Vorstellung, dass die Schwerhörigkeit durch mangelndes Training des Ohres entstünde und dieses gewissermaßen nur eingerostet sei.

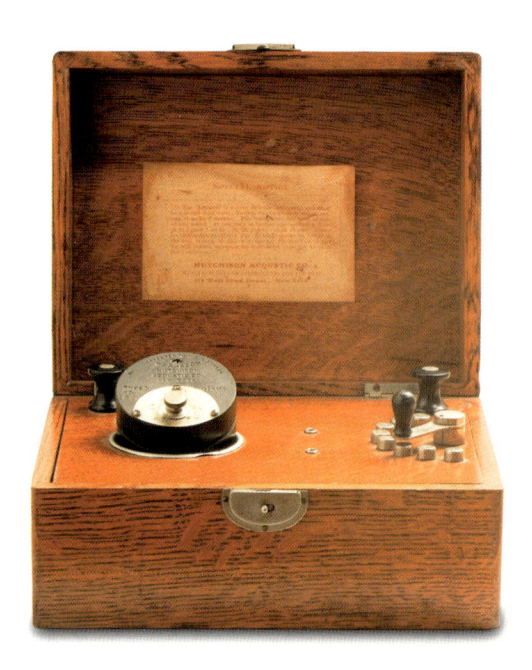

Das Massacon von 1903 war ein Apparat, der das Trommelfell mit Schalldrücken wechselnder Stärke massierte. Das sollte das Mittelohr wieder beweglich machen.

keit genau zu ermitteln. Da Schwerhörigkeiten sehr individuell ausgeprägt sind, würde auch bald der Bedarf nach weiteren Hörapparaten entstehen, die sich in Leistung und Tonbereich von einander unterschieden. Aus dieser Überlegung heraus entwickelte er 1898 auch das erste elektrische Audiometer. Das ist ein Gerät, mit dem der Ohrenarzt – und heute auch der Hörgeräteakustiker – das Hörvermögen eines Patienten für verschiedene Frequenzen

Das erste elektrische Audiometer baute er 1898.

Der erste Fabrikant

Miller Reese Hutchinson wurde 1876 in Montrose in Alabama geboren und wollte eigentlich Chirurg und Kinderarzt werden. Die „Birmingham News" beschrieb ihn 1928 in einem Artikel als „warmherzig und freundlich und stets an der öffentlichen Wohlfahrt interessiert". Er zeigte schon früh großes Interesse an Musik und Akustik und begeisterte sich später für die Erfindung des Radios. Er war einerseits ein guter Geschäftsmann, der täglich bis 17 Uhr an der Wall Street als Finanzmakler verbrachte, andererseits aber ein leidenschaftlicher Tüftler, der in den Abendstunden viele technische Apparate erfand und es auf rund 1000 Patente brachte. Zu seinen bedeutenden Erfindungen gehören außer dem Audiometer und dem ersten alltagstauglichen Hörapparat auch die elektrische Autohupe und das Diktiergerät. Sein Freund Mark Twain, der Schöpfer des „Tom Sawyer" und des „Huckleberry Finn", warf ihm scherzhaft vor, er habe die Autohupe nur erfunden, damit die Leute schwerhörig würden und seine Hörapparate kaufen müssten.

Gegen Ende seines Lebens gehörte Hutchinson 15 verschiedenen wissenschaftlichen Vereinigungen an und war Träger von mehreren internationalen Auszeichnungen und Medaillen. Auf den Weltausstellungen in St. Louis (1904), Brüssel (1935) und Paris (1937) war er einer der am meisten gefragten Gesprächspartner. Diejenige Erfindung aber, die in den kommenden Jahrzehnten vielen Millionen Menschen in aller Welt die größte Hilfe sein sollte, war das Hörgerät. Miller Reese Hutchinson kann deshalb als „Vater der Hörgeräteindustrie" bezeichnet werden.

Früher Hörapparat mit Stielhörer nach Hutchinson, Lizenzprodukt von General Acoustic von 1906. Die deutsche Batterie ist später hinzugefügt worden.

Prominente Hilfe

Theodore Roosevelt
26. Präsident der USA

Als Miller Reese Hutchinson 1898 die Idee hatte, den von ihm entwickelten Hörapparat in Serie herzustellen, war er gerade mal 22 Jahre alt und hatte keinerlei unternehmerische Erfahrung. Sein Freund und Geschäftspartner James Howard Wilson (1858-1909), mit dem zusammen er eine Firma gründen wollte, war als Geschäftsmann ebenso jung und unerfahren wie er. Dennoch begriff Wilson sofort, dass Hutchinsons Produktidee für Millionen schwerhörige Amerikaner bald eine unentbehrliche Hilfe sein würde und für zwei entschlossene Unternehmer ein großer kommerzieller Erfolg. Noch im selben Jahr gründeten Wilson und Hutchinson gemeinsam die Akouphone Company, um den ersten elektrischen Hörapparat der Welt zu produzieren. Sie nannten ihn „Akoulallion", was sie aus den griechischen Wörtern für Hören und Sprechen herleiteten. Das Wichtigste, was den beiden noch fehlte, war das notwendige Kapital. Da kam ihnen die Tatsache zu Hilfe, dass Wilson ein Verwandter des bekannten Nationalökonomen und späteren 28. Präsidenten

Königliche Hoheit

König Edward VII. und Königin Alexandra

1902 erreichte den Erfinder Miller Reese Hutchinson in New York ein Anruf aus dem Buckingham Palace in London. Die Nachricht, dass der Amerikaner und ehemalige Mitarbeiter Thomas Edisons einen elektrischen Hörapparat für Schwerhörige erfunden hatte, war bis zur königlichen Familie vorgedrungen und dort sogleich auf besonderes Interesse gestoßen. Die dänische Prinzessin Alexandra, die seit 1863 mit dem englischen Thronfolger verheiratet war, hörte nämlich sehr schlecht und war tief besorgt, dass sie der feierlichen Zeremonie in der Kathedrale von Westminster am 9. August 1902 nicht würde folgen können, bei der ihr Gatte zum König Edward VII. von England gekrönt werden sollte. Außerdem war Alexandra vielfältig sozial engagiert und musste viele Gespräche führen und anderen Menschen aufmerksam zuhören können. Edward und Alexandra luden Hutchinson deshalb nach Portsmouth auf die königliche Yacht ein, die gerade auf der Nordsee kreuzte.

Das Acousticon von 1910, ein etwas späteres Modell, das dem Apparat der Königin aber sehr ähnlich ist.

Alexandra hält 1902 während der Krönungszeremonie den Hörer des Hörapparates an ihr Ohr.

Die Vorführung seines Hörapparates „Acousticon", der sage und schreibe 12 Kilogramm wog, muss die königlichen Hoheiten tief beeindruckt haben, denn er konnte ihn gleich da lassen und soll dafür ein wahrhaft königliches Honorar erhalten haben.

Königin Alexandra war die erste Person in Europa, die einen in Serie hergestellten Hörapparat benutzte. Der Erfolg war enorm, denn die Nachricht von der Krönung und dem Hörapparat ging um die ganze Welt. Obwohl sich die äußerst beliebte und charmante Königin gerne und bei jeder Gelegenheit fotografieren ließ, durfte von dieser Szene kein Photo gemacht werden. Ein Künstler hat sie aber einige Jahre später aus dem Gedächtnis gemalt und Alexandra dabei die Züge eines schönen jungen Mädchens gegeben, das sie zweifellos war, wenn auch einige Jahre früher. Das Gemälde ist in Holland verschollen, aber ein Photo ist davon erhalten, dass hier koloriert wiedergegeben wird.

Von Nähmaschinen zu Hörgeräten

Die Kongensgade 57 ist die Keimzelle der europäischen Hörgeräteindustrie. Ein Bild aus dem Jahr 1905. Nur 700 Meter entfernt lebte der berühmte Dichter Hans Christian Andersen.

Die Geschichte von der Krönung König Edwards und dem elektrischen Hörapparat seiner Frau Alexandra hatte sich in London rasch herumgesprochen. Auch der Fabrikant von Nähmaschinen und Fahrrädern, Hans Jørgen Demant (1854-1910) aus Odense in Dänemark, hatte davon über einen Freund in England erfahren. Seine Frau Camilla Louise litt ebenso wie Alexandra schon seit einigen Jahren an Schwerhörigkeit. Da Demant wohlhabend war und es sich leisten konnte, reiste er 1903 nach London, um einen solchen Wunderapparat für seine Frau zu erwerben. Die Anstrengungen der langen Reise hatten sich gelohnt, denn Demant konnte ein Exemplar des „Akoulallion" auftreiben und Camilla Louise konnte damit gleich wieder hören.

Aber Hans Demant war nicht nur ein treu sorgender Ehegatte, sondern auch ein guter Geschäftsmann und hatte sofort erkannt, dass sich mit diesen Apparaten ein gutes Geschäft machen ließ. Der Nutzen der königlichen Hörhilfe aus England hatte sich nämlich schnell in Dänemark herumgesprochen und Demant wurde von vielen Menschen bedrängt, ihnen ebenfalls so einen Hörapparat zu beschaffen. So erwarb er 1904 die Vertriebsrechte für Dänemark und verkaufte die importierte Ware persönlich an Schwerhörige. Die Geschäfte

Hans Demant (1854-1910)

Camilla Louise Demant (1858-1934) war die erste Person, die in Kontinentaleuropa einen elektrischen Hörapparat benutzte.

liefen so gut, dass er in den folgenden Jahren seine Vertriebsrechte auf ganz Skandinavien erweitern und mehrere Niederlassungen gründen konnte. Hans Jørgen Demant war der erste Hörmittelhändler in Europa und Vorläufer aller Hörgeräteakustiker. Nach seinem Tod 1910 übernahm sein Sohn William Demant (1888-1979) das Geschäft, der ab 1930 wegen der dänischen Importrestriktionen, die eine Folge der Weltwirtschaftskrise und des Zweiten Weltkrieges waren, Ersatzteile für amerikanische Hörapparate herzustellen begann. 1945 nutzte er seine Kenntnisse auf diesem Gebiet und entwickelte schließlich seinen ersten eigenen Hörapparat, das Modell „TA". Aus diesen Anfängen heraus entstand einer der größten Hörgerätehersteller unserer Zeit, die Firma Oticon. 2004 konnte sie ihr 100-jähriges Bestehen feiern und ist damit das älteste Unternehmen der Branche.

Trotz der beeindruckenden Geschichte der Firma Oticon kann jedoch die Firma Deutsche Akustik in Berlin als erster Hersteller in Europa gelten, weil sie schon 1905 mit der Entwicklung und Produktion von eigenen Hörapparaten begann, also vierzig Jahre früher. Ihr Gründer war Alfred Hahn (1849-1918) und 1960 ging sie in einer amerikanischen Firma auf. Siemens begann mit der Produktion 1910 und ist der zweitälteste und zugleich der am längsten tätige und noch aktive Hersteller

Die erste Hörgerätefabrik in Europa, die Deutsche Akustik Ges.m.b.H., wurde 1905 in Berlin in der Motzstraße 43 im Stadtteil Schöneberg von Alfred Hahn errichtet. Sie wurde 1960 von dem amerikanischen Hörgerätehersteller Otarion übernommen.

97

Von Nähmaschinen zu Hörgeräten

Das Geschäft von Pieter Geervliet 1910 in Amsterdam.

Auf dem Bild aus dem Jahr 1907 ist das Ehepaar Neuroth im Beratungsraum ihres „Spezialhaus für Schwerhörigenapparate J.A. Neuroth" in Wien zu sehen.

von Hörgeräten in Europa. Heute ist Dänemark das führende Land der Hörgeräteindustrie und in Kopenhagen befinden sich drei der größten Hörgerätehersteller der Welt. Deutschland ist das zweitgrößte Herstellerland für Hörgeräte, und die Schweiz folgt auf dem dritten Platz. Die USA, wo die Hörgeräte erfunden wurden, haben dagegen an Bedeutung verloren. Dass die Hörgerätebranche eine lange Tradition hat und sehr beständig ist, zeigen auch die Beispiele auf der Einzelhandelsebene, die Firmen Neuroth und Geervliet. In Wien gründeten Johann August Neuroth und seine Frau Paula 1907 das erste stationäre Fachinstitut für Hörgeräte in Europa. Paula Neuroth war selbst schwerhörig und hatte es sich mit viel Hingabe und Leidenschaft zur Aufgabe gemacht, Menschen mit ähnlichen Problemen zu helfen. Auch die Firma Neuroth gibt es noch. Sie hat heute fast 150 Fachgeschäfte in der Alpenregion und kann als drittältestes Unternehmen der Branche in Europa gelten. Zu nennen ist hier auch der Musikalienhändler Pieter Geervliet, der 1910 sein erstes Fachgeschäft für Hörapparate mit Schaufenster und Ausstellungsraum in Amsterdam gründete. Daraus wurde später ein großes Unternehmen, das sich „Beter Horen" nennt und heute über 200 Fachgeschäfte in den Niederlanden besitzt.

Heiße Röhren

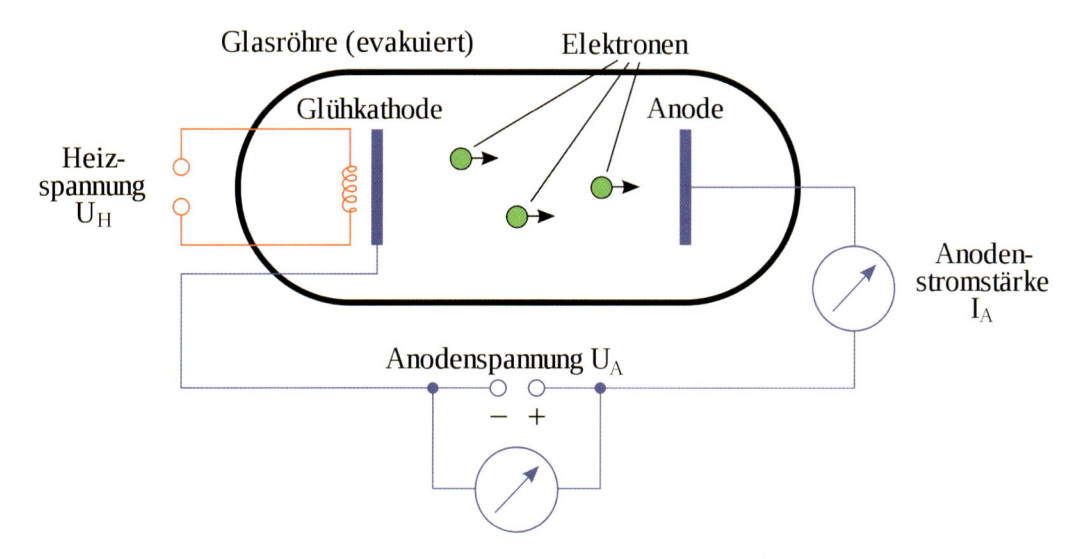

Diagramm: Glasröhre (evakuiert) mit Glühkathode, Elektronen und Anode; Heizspannung U_H, Anodenspannung U_A, Anodenstromstärke I_A.

Die Fortschritte, welche die Elektrizität den Menschen auf den Gebieten der Telegraphie, der Telephonie und der Hörverstärkung beschert hatte, beflügelten ihren Erfindergeist. Die Ideen zum Rundfunk und zur elektrischen Schallaufzeichnung und Wiedergabe lagen förmlich in der Luft. Dazu war es erforderlich, den elektrischen Strom zu verstärken, der ein Tonsignal abbildete und transportierte. Und wieder war es der geniale Thomas Edison, der den Anstoß zu einer Bahn brechenden Erfindung gab. 1883 hatte er an der Verbesserung seiner Glühlampe getüftelt und dabei zufällig den Glühemissionseffekt entdeckt. Man konnte unter den Bedingungen eines Vakuums nämlich nicht nur einen Kohlefaden zum Glühen bringen, sondern auch eine Elektrode zur Aussendung von Elektronen, was der erste Schritt zur Verstärkung war. Sein Mitarbeiter John Ambrose Fleming (1849-1945) arbeitete an der Entdeckung weiter und entwickelte eine Elektronenröhre, die zwar zur Gleichrichtung eines Stroms, aber noch nicht zu seiner Verstärkung geeignet war. Eigentlich

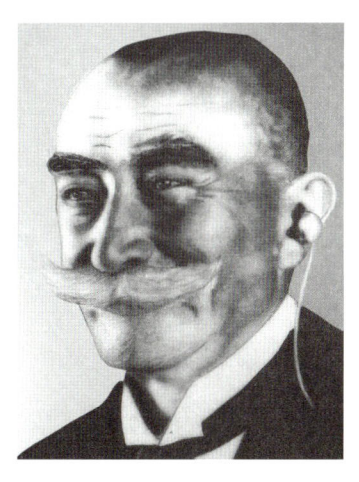

John Ambrose Fleming (1849-1945)

Heiße Röhren

hätte Fleming auf dieser Basis einen neuen elektrischen Hörapparat entwickeln können, der höhere Verstärkungen und einen besseren Klang als das Kohlemikrofon-Prinzip ermöglichte. Das hätte auch für ihn persönlich Sinn gemacht, denn er war schwerhörig wie sein Chef Edison. Aber Edison lehnte dies aus den bekannten Gründen ab.

Lee de Forest (1873-1961)

1906 gelang dem deutschen Erfinder und Telefonfabrikant Robert von Lieben (1878-1913), und fast zeitgleich dem Amerikaner Lee de Forest (1873-1961), die entscheidende Verbesserung an der Elektronenröhre, die darin bestand, dass den beiden Elektroden eine dritte hinzugefügt wurde, die Gitterelektrode. Beide Erfindungen wurden patentiert, unterschieden sich aber nicht wesentlich voneinander, was später zu Patentstreitigkeiten führte. Das war eigentlich gar nicht notwendig gewesen, denn beide Erfinder hatten an verschiedene Anwendungen für ihre Röhren gedacht, Lieben an Rundfunksender, Funkverkehr und Steuer- und Regeltechniken bei Starkstromanlagen, Forest an die Übertragung von Sprache und Musik bei Endgeräten. Nur Lee de Forest konnte seine Erfindung auch vermarkten, weil er von Lieben, der schon als junger Mann nach einem Sturz vom Pferd starb, um 48 Jahre überlebte. Nicht zuletzt spielte auch eine Rolle, dass Forest Unterstützung von allerhöchster Stelle erhielt, nämlich von US-Präsident Theodore Roosevelt. Ab 1916 betrieb er einen Radiosender und strahlte Live-Übertragungen

Die Verstärker-Röhre „Audion" von Lee de Forest. Der Name, den Forest seiner Röhre gab, weist darauf hin, dass er hinsichtlich ihrer Verwendung in erster Linie an die Übertragung von Sprache und Musik gedacht hatte.

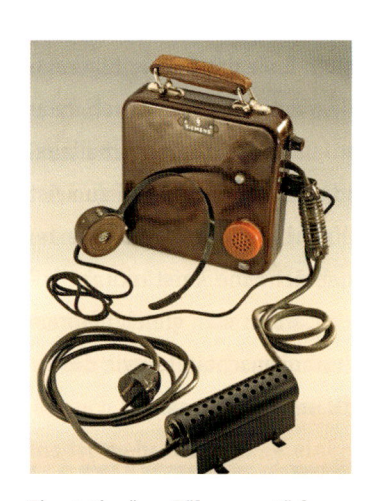

Ein stationäres Röhrenverstärkergerät der Firma Siemens aus den 30er Jahren. Stationär bedeutet, dass es an die Steckdose gebunden war. Wegen der Röhren war es so groß wie eine Handtasche.

Ein Taschenhörgerät, mit drei Mini-Vakuum-Röhren bestückt. Man sieht, dass zwei Batterien erforderlich waren, eine zum „Heizen" der Röhren mit 1,5 Volt (fehlt im Bild) und eine größere für die Verstärkung mit 22,5 Volt

Eine typische Verstärkerröhre, wie sie Millionen Menschen noch von den alten Radioapparaten her kennen.

vom Eiffelturm und von Opernaufführungen mit Enrico Caruso aus. 1959 erhielt er in Hollywood den „Oscar", weil er maßgeblich an der Entwicklung des Tonfilms beteiligt war. Sein Name ist auf dem „Walk of Fame" in Hollywood für alle Zeiten verewigt, während von Lieben fast vergessen ist. Die Röhren für Endverbrauchergeräte waren mit bis zu 20 cm in der Höhe und 8 cm im Durchmesser zunächst noch sehr groß und es verwundert nicht, dass die ersten Hörapparate mit Röhrenverstärkern noch die Ausmaße eines kleinen Schrankes erreichten.

Ab 1929 konnten aber bereits kleinere Röhren hergestellt werden (Höhe 7 cm, Durchmesser 3,6 cm) und es waren Hörapparate in Form einer eleganten Handtasche möglich geworden. Schließlich gab es ab 1942 Mini-Vakuum-Röhren, die nur noch 2 cm hoch waren und im Durchmesser nur noch einen halben Zentimeter maßen. Damit konnten schon relativ kleine Geräte gebaut werden, die etwa die Größe einer Zigarettenschachtel hatten und in der Jackett-Tasche verschwanden. Zu sehen war allerdings das Kabel, das zum Ohrhörer am Kopf des Benutzers führte.

Neuanfang und Beichte

Bruno Ollmann (rechts) mit seinem Mitarbeiter Erich Rombkowsky in den 40-er Jahren bei einer Verkaufsaktion in einer Gaststätte. Der Rekord waren 30 verkaufte Apparate an einem Tag.

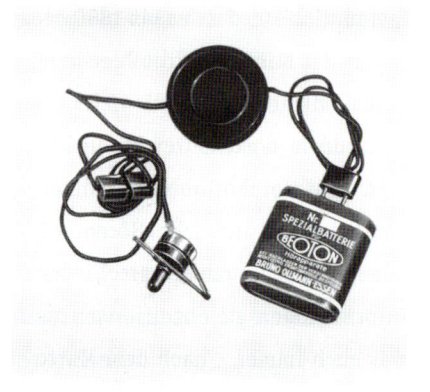

Während der Kriegsjahre produzierte Bruno Ollmann einfache Kohlemikrofon-Geräte und die passenden Batterien dazu.

Vor dem 2. Weltkrieg hatte es in Deutschland 15 Hersteller von Hörgeräten gegeben und viele von ihnen haben nach 1945 einen neuen Anfang gemacht. Das waren zum Teil große Hersteller von Haushaltsgeräten, Unterhaltungselektronik und Medizintechnik wie Siemens, Philips und Bosch und die Atlas-Werke oder Hersteller von Radioapparaten wie Elac, Nordmende, Schaub-Lorenz, Blaupunkt und Deutsche Akustik. Für diese Firmen waren Hörgeräte zwar nur ein kleines, aber nahe liegendes Nebengeschäft. Die notwendigen Bauteile wie Mini-Vakuum-Röhren und bald auch Transistoren, Hörer und Kabel, Mikrofone, Schalter und Batterien konnte man kaufen und die Hersteller mussten sich nur noch schöne Gehäuse einfallen lassen und die Bauteile zusammensetzen und verlöten. Hörgeräte gehörten in jener Zeit noch zur Niedrigtechnologie und unterschieden sich noch nicht wesentlich voneinander. Dadurch war es auch kleinen Firmen wie Ollmann, Willco, Ariston, Multiton, Micro-Rex und Wendton möglich, solche Geräte herzustellen. Diese Firmen konnten mit der rasanten technologischen Entwicklung der späteren Jahre allerdings nicht mehr mithalten und sind alle längst vom Markt verschwunden. Auch in der

Reifenpanne 1945 in Essen mit dem „Hörmobil", das den Krieg fast unbeschadet überstanden hatte. Der Wagen hatte während des Krieges einen Holzgasgenerator, weil es kein Benzin mehr gab.

Ratlose Gesichter im zerstörten Büro von Bruno Ollmann 1945 in der Wörthstraße in Essen.

DDR gab es nach dem Krieg Hörgeräte. Sie wurden von dem volkseigenen Betrieb Funkwerke Kölleda produziert.

Einer der Hersteller der ersten Stunde war Bruno E. Ollmann (1902-1964), ein studierter Elektroakustiker, der als Mitarbeiter bei Siemens & Halske und Deutsche Akustik in Berlin schon ab 1926 mit Hörapparaten zu tun gehabt hatte. Er ließ sich 1937 in Essen als Hersteller und Hörmittelhändler nieder und eröffnete in den folgenden Jahren weitere Filialen in ganz Deutschland. Seine Firma wurde während des Krieges als „kriegswichtiger Betrieb" eingestuft, damit die verwundeten Soldaten, die oft auch ein Knalltrauma erlitten hatten, einen Hörapparat bekommen konnten. Eine Unterbrechung gab es gegen Ende des Krieges, weil Ollmanns Büro- und Lagerräume ein Opfer der Bomben geworden waren.

1948 brachte Bruno Ollmann das erste Hörgerät mit Mini-Vakuum-Röhren in Deutschland heraus und etablierte sich bald auch als Hersteller von Audiometern, Telefonverstärkern und „Beichthöranlagen" für den Kirchenbesuch. Ein Prospekt aus den 50er Jahren

Neuanfang und Beichte

Beichte und höre mit der BEOTON-Beichthöranlage
FÜR SCHWERHÖRENDE
Eine wesentliche Erleichterung für den Beichtvater und den Beichtenden

warb mit dem Text: „Beichte und höre mit der Beoton Beichthöranlage – eine wesentliche Erleichterung für den Beichtvater und den Beichtenden." Alle seine Apparate hatte Ollmann unter dem Markennamen „Beoton" über den Sanitätsfachhandel, an „Sprechtagen" in Gaststätten und in den eigenen Filialen vertrieben. Dabei unterstützte ihn Erich Rombkowsky, der 1938 im Alter von 18 Jahren eine Lehre bei Ollmann angefangen und sich bald als dessen „rechte Hand" erwiesen hatte. Rombkowsky übernahm 1960 die Filiale von Ollman in Hamburg und war seitdem selbständig. Das Geschäft neben der Staatsoper besteht noch heute und wird von seinem Sohn Jürgen und dessen Frau Ute weitergeführt. Deren Sohn Philip ist auch schon Hörgeräteakustiker und arbeitet ebenfalls in dem Geschäft.

1952: Erich Rombkowsky (1920-1986) als Reisender der Firma Ollman.

Auch ein Telefonverstärker für Schwerhörige gehörte kurz nach dem Krieg zum Programm von Ollmann.

Premiere im Hörgerät

William Shockley (sitzend), John Bardeen (links) und Walter Brattain 1948 in ihrem Labor bei Versuchen mit Transistor-Prototypen.

Die Röhrentechnologie war zweifellos ein großer Fortschritt bei der Übertragung von Musik und Sprache und der einfachen Kohlemikrofon-Technologie weit überlegen. Die Röhren ermöglichten höhere Verstärkungen ohne störende Nebengeräusche. Aber sie hatten auch erhebliche Nachteile: Sie waren relativ groß und zum Beispiel in der militärischen Nachrichtentechnik, wo es auch auf Transportfähigkeit und Unabhängigkeit von Stromnetzen ankam, ziemlich unpraktisch. Sie waren zudem sehr empfindlich gegen Stöße und hatten eine lange Vorwärmzeit, eine geringe Energieausbeute und eine begrenzte Haltbarkeit. Dennoch waren sie lange auf dem Markt und ältere Menschen können sich noch gut an die

Premiere im Hörgerät

Radiogeräte der 30er bis 60er Jahre erinnern, die mit vielen Röhren bestückt waren, unter anderem mit dem faszinierenden „magischen" grünen Auge. Die ersten Hörapparate, die mit Röhren arbeiteten, hatten außer ihrer enormen Größe den großen Nachteil, dass sie zunächst noch vom Netzstrom abhängig waren oder sehr große Batterien mit entsprechend hoher Spannung erforderten, zum Beispiel 45 Volt für den Anodenstrom. Das ist viermal soviel wie eine Autobatterie! Da konnte man bei falscher Anwendung schon mal einen fühlbaren Stromschlag bekommen. Das änderte sich mit der Einführung der Mini-Vakuumröhren ab 1942, die Taschengeräte in der Größe eines eleganten Zigarettenetuis ermöglichten und mit Batterien geringerer Spannung betrieben werden konnten. Das mussten aber immer noch zwei sein, eine zum Heizen (1,5 Volt) und eine für den Anodenstrom (22,5 Volt), was den Betrieb eines solchen Gerätes nicht gerade billig machte.

Es war vor allem der Wunsch des Militärs nach kleinen tragbaren Funkgeräten, die zu einem völlig neuen technologischen Ansatz führten, elektrische Signale zu verstärken. Wieder einmal war der Krieg der „Vater aller Dinge". Die ersten Ideen und Patentanmeldungen zum Prinzip des „Feldeffekt-Transistors" reichen bis ins Jahr 1925 (USA) und 1934 (Deutschland) zurück, der eigentliche Durchbruch gelang aber erst 1945 den Amerikanern John Bardeen, Walter Brattain und William Bradford Shockley. Für den Krieg war das allerdings zu spät, denn richtig einsetzbar war das Patent der drei Physiker erst ab 1947 und zunächst nur im militärischen Bereich. 1956 erhielten sie dafür den Nobelpreis für Physik.

Viele Menschen haben noch das Aufkommen der kleinen Transistorradios in den frühen 60-er Jahren in Erinnerung, doch kaum einer

Ein Transistor ist ein kleines elektronisches Bauteil, das elektrische Ströme schaltet und verstärkt.

William Bradford Shockley

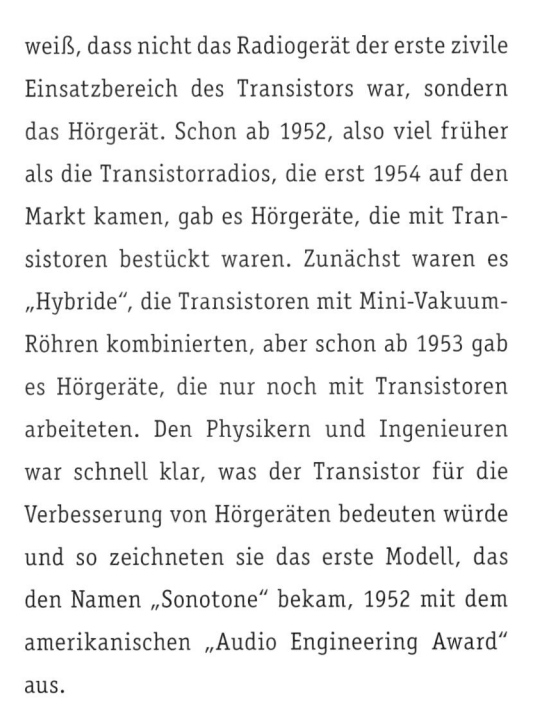

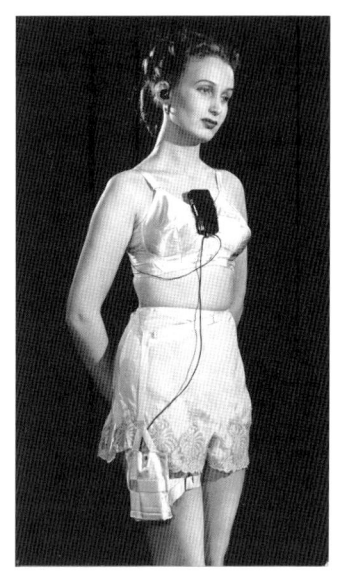

Transistoren machten auch Geräte möglich, die von einer Dame in der Unterwäsche versteckt werden konnten. Dieses Bild stammt aus den USA der frühen 50er Jahre.

weiß, dass nicht das Radiogerät der erste zivile Einsatzbereich des Transistors war, sondern das Hörgerät. Schon ab 1952, also viel früher als die Transistorradios, die erst 1954 auf den Markt kamen, gab es Hörgeräte, die mit Transistoren bestückt waren. Zunächst waren es „Hybride", die Transistoren mit Mini-Vakuum-Röhren kombinierten, aber schon ab 1953 gab es Hörgeräte, die nur noch mit Transistoren arbeiteten. Den Physikern und Ingenieuren war schnell klar, was der Transistor für die Verbesserung von Hörgeräten bedeuten würde und so zeichneten sie das erste Modell, das den Namen „Sonotone" bekam, 1952 mit dem amerikanischen „Audio Engineering Award" aus.

William B. Shockley (1910-1989), der 1972 für seine Arbeiten auf dem Gebiet der Supraleittechnik zum zweiten Mal den Nobelpreis für Physik erhielt, fand ein unrühmliches Ende. Während seine Mitarbeiter Gordon Moore und Robert Noyce das weltbekannte Unternehmen für Mikroelektronik INTEL gründeten und zu Milliardären aufstiegen, gab Shockley 1963 als Unternehmer auf und wurde Professor für Maschinenbau. Als er damit nicht erfolgreich war, veröffentlichte er rassistische Theorien und forderte die Sterilisation für alle Menschen mit einem IQ unter 100. Er starb 1989 vereinsamt in Los Angeles.

Premiere im Hörgerät

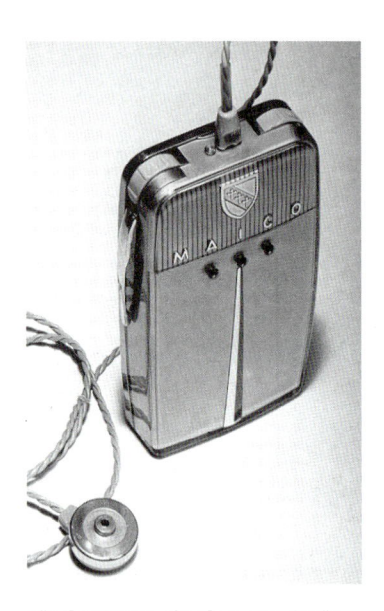

Für den Herrn ein elegantes Gerät für die Tasche des Jacketts.

Auch in Form von Haarspangen gab es Geräte für die Damen.

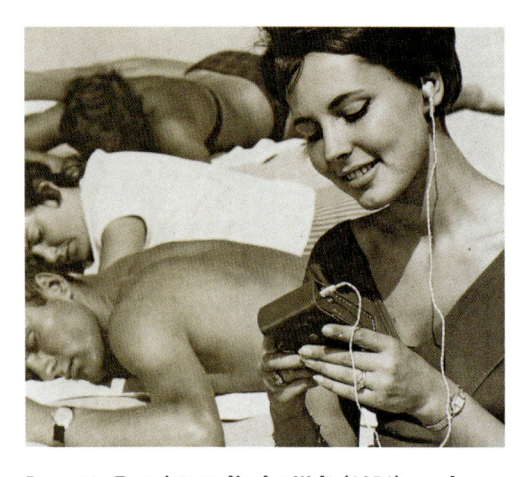

Das erste Transistorradio der Welt (1954) wurde von der Presse als Sensation gefeiert. Dass das Hörgerät schon zwei Jahre früher Transistoren einsetzte, wurde kaum bekannt.

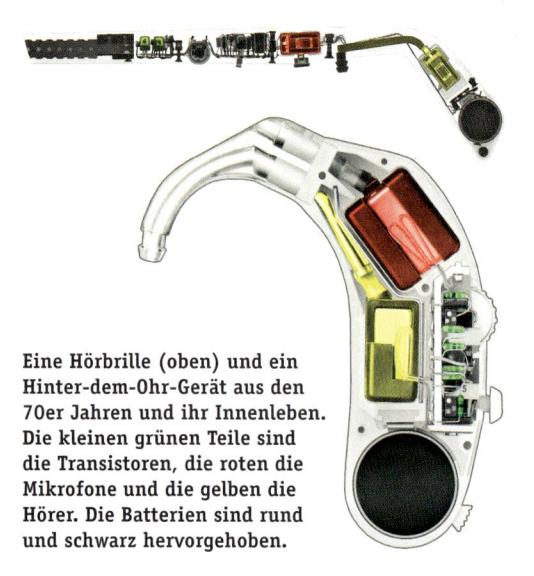

Eine Hörbrille (oben) und ein Hinter-dem-Ohr-Gerät aus den 70er Jahren und ihr Innenleben. Die kleinen grünen Teile sind die Transistoren, die roten die Mikrofone und die gelben die Hörer. Die Batterien sind rund und schwarz hervorgehoben.

Ohne Hugh S. Knowles (1905-1983) wäre die Miniaturisierung der Hörgeräte nicht möglich gewesen. Er erfand Hörer und Mikrofone, die nur noch einen winzigen Bruchteil des Platzes ihrer Vorgänger beanspruchten. Knowles erhielt dafür 1978 die Alexander-Graham-Bell-Medaille.

Auch in Brillen konnte man nun Hörgeräte einbauen, je nach Bedarf auf einer Seite oder auch auf beiden. Hier holt der beliebte Volksschauspieler Hans Moser seine Brille beim Hörgeräteakustiker in Hamburg ab (1964).

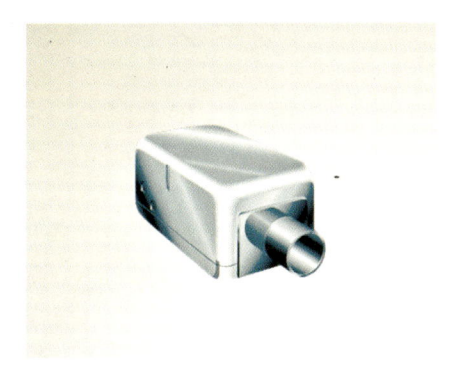

Dieser Hörer von Knowles aus den 80er Jahren, der für ein Hörgerät bestimmt ist, hat gerade noch die Größe eines Maiskorns.

Eines des ersten Im-Ohr-Geräte (1966) im Größenvergleich mit einer Briefmarke.

Hören mit Umleitung

In seltenen Fällen hilft ein herkömmliches Hörgerät nichts, und zwar dann, wenn das Mittelohr defekt ist. Der Schall kann dann nicht auf dem normalen Weg über das Trommelfell und die kleinen Gehörknöchelchen an das Innenohr transportiert werden. Sofern das Innenohr noch gut funktioniert, gibt es einen Ausweg: Man macht sich den Umstand zunutze, dass Schall auch gut über feste Körper übertragen werden kann, zum Beispiel den menschlichen Knochen. Wenn man die Membran eines Hörer nicht dazu benutzt, die Luft zu Schwingungen anzuregen, sondern den Schädelknochen, dann kann das Innenohr diese Schwingungen aufnehmen und dem Menschen das Hören ermöglichen. Man hat den Schall dann gewissermaßen umgeleitet, weshalb das Prinzip auch „akustischer Bypass" genannt wird. Das geht am besten, wenn man den Hörer, der jetzt kein kleiner Lautsprecher mehr ist, sondern nur ein Vibrator, fest gegen den Knochen direkt hinter dem Ohr drückt. Das ist nicht perfekt, weil die Haut, das Fettgewebe und der Knorpel am Knochen dazu führen, dass die Schwingungen gedämpft werden. Aber es geht doch immerhin so gut, dass die Benutzer solcher „Knochenleitungsgeräte" Sprache gut verste-

Dieser Mann und diese Frau halten einen Vibrator hinter das Ohr bzw. an die Schläfe. Der Verstärker befindet sich in einem Taschengerät unter dem Jackett. Das Bild stammt aus den 50er Jahren.

hen können. Solche Geräte gibt es heute vor allem in Form von Brillen. Der Vibrator sitzt dann am dicken Ende des Brillenbügels, der hinter der Ohrmuschel auf dem Knochen, den man Warzenfortsatz nennt, fest aufliegt.

Das Prinzip, Schall auf den menschlichen Knochen zu übertragen, ist schon lange bekannt. Der Erfinder der Kardanwelle, Girolamo Car-

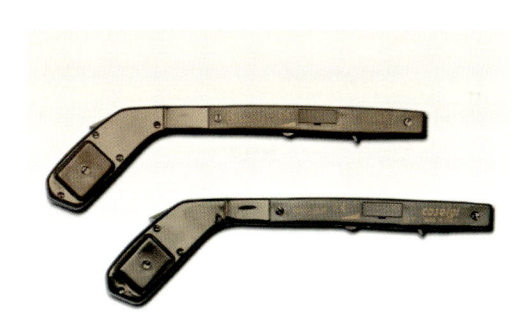

Die Vibratoren dieser Knochenleitungsbrille sind kaum zu erkennen. Nur die verdickten Enden der Brillenbügel deuten drauf hin. Die schlanke Bauform dieser Hörbrille war durch die Transistortechnik ermöglicht worden.

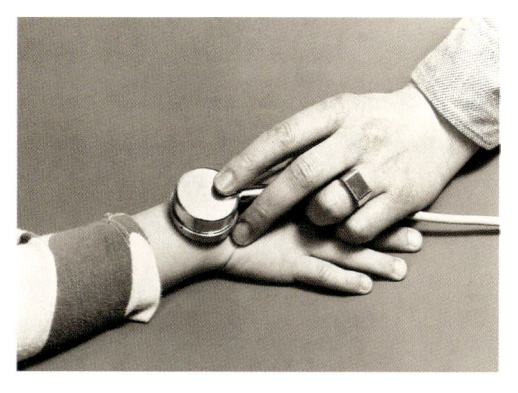

Auch mit der Haut kann man hören! Dieser Vibrator wurde nicht auf einen Knochen gedrückt, sondern auf die Haut. Die Vibrationen, die man spürte, ermöglichten natürlich kein wirkliches Hören, sie unterstützten aber das Sprachtraining gehörloser Menschen. Das Bild ist aus den 70er Jahren.

dano (1501-1576), hatte bereits festgestellt, dass man mit den Zähnen hören kann. Und von Ludwig van Beethoven wird berichtet, dass er in einen Holzstab biss, den er mit seinem Flügel fest verbunden hatte, um das Instrument besser hören zu können. Das erste elektrische Knochenleitungshörgerät wurde bereits 1928 in den USA vorgestellt und 1933 wurde ein solches Gerät erstmals patentiert.

Eine andere Möglichkeit ist ein Teilimplantat, zum Beispiel in Form einer Metallplatte, die in den Warzenfortsatz durch einen kleinen chirurgischen Eingriff eingesetzt wird.

Sie wird auf elektromagnetischem Wege in Schwingungen versetzt, die sich direkt auf den Schädelknochen übertragen. Die Idee zu diesem Prinzip der „Knochenverankerung" hatte niemand Geringeres als der große Physiker Albert Einstein (1879-1955) in den Jahren 1931 bis 1933.

Er hatte sie zusammen mit dem bekannten Erfinder Rudolf Goldschmidt weiter entwickelt (1876-1950). Das geschah zunächst nur, um seiner Freundin, der schwerhörigen Opernsängerin Olga Eisner helfen zu können, er sah aber bald auch den Nutzen für viele andere

Hören mit Umleitung

Albert Einstein erfand das knochenverankerte Hörgerät und arbeitete daran gemeinsam mit dem deutschen Erfinder Rudolf Goldschmidt bis 1933.

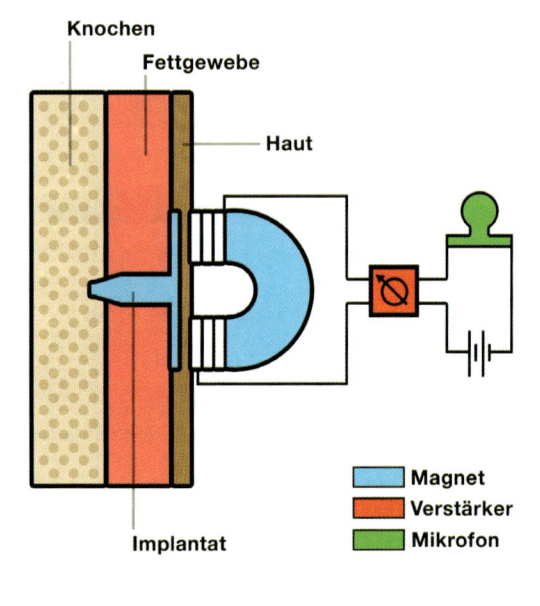

Einsteins Idee ist zu einer Technologie weiterentwickelt worden, die heute viele tausend Menschen nutzen. Abgebildet ist eine Nachzeichnung von Einsteins Skizze.

Menschen. Durch die Machtergreifung der Nationalsozialisten und Einsteins Emigration in die USA kam es nicht mehr zur Realisierung und Patentanmeldung dieser Idee. Die wurde erst in den frühen 70er Jahren wieder in Schweden aufgegriffen und zu einem erfolgreichen Produkt gemacht.

Hoher Besuch

Gustav VI. mit seinem Sohn, dem späteren König Carl XVI. Gustav von Schweden

König Gustav VI. von Schweden

Peter C. Werth (1922-2003) war einer der ersten Hörgeräteakustiker in England. Er war 1937 mit seinen Eltern aus Deutschland gekommen und hatte bei einem englischen Hersteller von Hörgeräten eine Arbeit als Technik-Lehrling gefunden. 1942 begann er, zusammen mit seinem Vater Hörgeräte direkt an Schwerhörige zu verkaufen und für die Reparaturen zu sorgen. Anfangs war das Geschäft noch sehr bescheiden und Werth musste nebenbei in einer Jazzband Klavier spielen oder als Elektriker arbeiten. Das Geschäft ging mit dem Ende des Krieges bald besser und er konnte 1950 sein erstes Fachgeschäft in London eröffnen. Weil er bald auch Großhändler wurde und das Geschäft schnell wuchs, passte er 1960 zum letzten mal einem Kunden persönlich ein Hörgerät an, und das im wahrsten Sinne des Wortes mit einem königlichen Abschluss. Sein letzter Kunde war König Gustav VI. von Schweden (1882-1973), der gerade in London weilte und von Werth gehört hatte. Er soll sehr charmant gewesen sein und küsste Werths Frau Joan beim Ab-

Hoher Besuch

Das Ladengeschäft von Peter Werth in London 1962. Außer Königen und Schauspielern ging hier auch der 16-malige Grand-Prix-Gewinner Stirling Moss ein und aus.

schied die Hand. Noch heute befindet sich der Stuhl, auf dem seine königliche Hoheit gesessen hatte, im Besitz der Familie Werth. Er trägt ein kleines goldenes Schild, auf dem zu lesen ist: „The King's Chair".

Gegen Ende 1987 erhielt das Geschäft von Peter Werth einen weiteren hohen Besuch, nämlich von Laurence Olivier, dem großen britischen Shakespeare-Darsteller und Filmschauspieler. Olivier hatte einen beidseitigen Hochton-Hörverlust und ließ sich bei Werths Mitarbeiter Dennis King eine Hörbrille „offen" anpassen, das heißt, es konnte auf die sonst üblichen Ohrstücke verzichtet werden. Stattdessen wurde auf jeder Seite nur jeweils ein dünner Schallschlauch in den Gehörgang eingeführt. Das genügte, um Olivier die hohen Töne zu verstärken. Die tiefen Töne, die er noch gut hören konnte, erreichten ihn ungehindert, weil die Gehörgänge weitgehend frei blieben. Wie Dennis King berichtete, soll Olivier sehr höflich und bescheiden gewesen sein, ein Gentleman vom Scheitel bis zur Sohle.

Laurence Olivier (1907-1989) erhielt im Laufe seines Lebens wegen seiner hervorragenden Schauspielkünste 1947 den Titel „Sir" verliehen und 1979 den des „Lord". Er spielte in 33 Filmen meistens herausragende Nebenrollen oder auch Hauptrollen, so 1949 in dem Thriller „Rebecca" von Alfred Hitchcock. 1949 bekam er den „Golden Globe" und den „Oscar" für seine Rolle als „Hamlet", später noch einmal den „Oscar" (1979) und den „Golden Globe" (1983) für sein Lebenswerk.

Sir Laurence Olivier

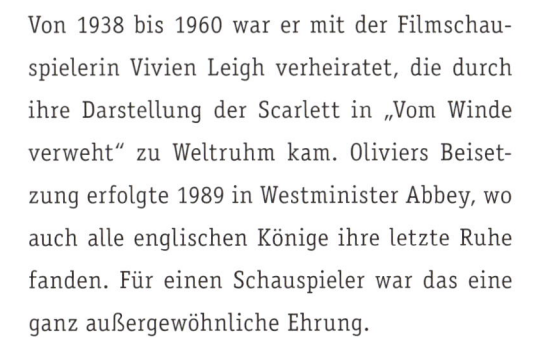

Sir John Gielgud

Von 1938 bis 1960 war er mit der Filmschauspielerin Vivien Leigh verheiratet, die durch ihre Darstellung der Scarlett in „Vom Winde verweht" zu Weltruhm kam. Oliviers Beisetzung erfolgte 1989 in Westminster Abbey, wo auch alle englischen Könige ihre letzte Ruhe fanden. Für einen Schauspieler war das eine ganz außergewöhnliche Ehrung.

Auch ein anderer großer Shakespeare-Darsteller, Sir John Gielgud (1904-2000), war Kunde bei Peter Werth. Gielgud war wie Laurence Olivier Theaterschauspieler und Filmschauspieler und spielte in 52 Filmen wichtige Nebenrollen, so in „Julius Caesar" (1952). 1982 erhielt er den „Oscar" für seine Rolle in „Arthur – kein Kind von Traurigkeit". Aber es gab nicht nur Ehrungen: Wegen einer gleichgeschlechtlichen Beziehung wurde er 1953 strafrechtlich verurteilt. Sein Publikum unterstützte ihn jedoch moralisch, indem es ihm im Theater stehende Ovationen bereitete.

Hoher Besuch

Der Schauspieler John Mills mit seiner Filmpartnerin Brenda Banzie. Viele Schauspieler tragen vor der Kamera ein Hörgerät, entweder von den Haaren verdeckt, tief im Ohr oder auf der von der Kamera abgewandten Seite.

Bei Peter Werth bekamen auch die englischen Filmschauspieler und Oscar-Preisträger John Mills und Cyril Cusack sowie die berühmte Schriftstellerin Barbara Cartland, eine enge Verwandte von Lady Diana, ein Hörgerät angepasst. Und der berühmte Rennfahrer Stirling Moss holte sich hier seinen Gehörschutz. Auch große amerikanische Schauspieler benutzten Hörgeräte, so Henry Fonda, James Stewart, Tony Curtis, Karl Malden, Ernest Borgnine und Kirk Douglas.

Peter C. Werth

Der Mädchenschwarm

Johnnie Ray ließ sich gerne mit seinem Hörgerät photographieren. Seine Fans störte das nicht.

Die Geschichte des Sängers, Komponisten und Pianisten John Alvin „Johnnie" Ray (1927-1990) ist bemerkenswert, weil er wohl der einzige schwerhörige junge Mann gewesen ist, der als Superstar und Mädchenschwarm in die Geschichte einging. Er war im Alter von 9 Jahren bei einem Sportwettkampf bei den Pfadfindern nach einem Salto in der Luft so unglücklich auf den Kopf gefallen, dass er sofort große Teile seines Gehörs verlor. Bis zum 14. Lebensjahr verschlechterte sich sein Hörvermögen und damit auch sein Lernvermögen so sehr, dass er bereits als „geistig zurückgeblieben" eingestuft wurde. Durch den Einsatz eines Hörgerätes verbesserte sich die Situation vorübergehend, aber schon bald darauf ertaubte er fast völlig. Er ließ sich davon aber nicht entmutigen und beschloss, nach Hollywood zu gehen, um dort Schauspieler zu werden. Doch der Plan war zu hoch gegriffen. In einem ganzen Jahr verdiente er als Statist gerade mal 500 Dollar. Er hatte bald eingesehen,

Der Mädchenschwarm

dass Hollywood nicht der Platz für ihn war, um Karriere zu machen. Es gab dort tausende arbeitslose und hungrige junge Männer, die nur darauf warteten, entdeckt zu werden. Er entschloss sich daraufhin, Sänger zu werden und es in der Provinz zu versuchen, wo es weniger Konkurrenz gab. Der Plan war ziemlich abwegig. Wie sollte er singen, wenn er weder seine eigene Stimme noch ein begleitendes Instrument hören konnte?

1983 erzählte er einem Journalisten: „Singen ohne zu hören ist fast unmöglich. Ich kann zum Beispiel weder den Bass noch das Schlagzeug hören, das mir das Tempo vorgibt. Deshalb trage ich ein Hörgerät, um wenigstens ein paar tiefe Frequenzen und den Rhythmus zu hören. Ohne das Gerät bin ich völlig taub." Und weil er seine Stimme nicht hören konnte, war er überzeugt, dass sie „langweilig und flau" sei und er überhaupt kein Talent habe. Das sahen die Mädchen jedoch anders. Gerade weil er seine Stimme nicht kontrollieren konnte und immer der Meinung war, zu leise zu sein, sang er mit besonders viel Verve, ja er schmachtete geradezu. Auf dem Höhepunkt seiner Shows fing er lauthals an zu schluchzen, was die weiblichen Fans wiederum in

Johnnie Ray kam in den USA 49 Mal unter die „Top 40" und bekam 12 Goldene Schallplatten. Einen Teil seiner Einnahmen spendete er der H.E.A.R. Foundation für gehörlose Kinder.

Rage versetzte oder in Ohnmacht fallen ließ. Es folgten Zusammenbrüche auf der Bühne, die zweifellos ebenso kalkuliert waren wie bei dem Soulsänger James Brown zehn Jahre später. Die leidenschaftliche und ekstatische Darstellung von Gefühlen mit den Mitteln des

Gesangs und der Körpersprache war eine bis dahin noch völlig unbekannte Vortragsweise und sie kann als Ausgangspunkt der modernen Pop-Musik gesehen werden. Ray war das Bindeglied zwischen dem smarten Frank Sinatra in den 40-er Jahren und dem rebellischen Elvis Presley ab Mitte der 50-er Jahre, die ebenfalls beide die Mädchen bis zur Hysterie getrieben hatten.

Die Karriere von Johnnie Ray war nur relativ kurz, denn gegen den aufkommenden Rock 'n' Roll von Bill Haley, Elvis Presley und Little Richard war sein romantischer Stil machtlos. Sie dauerte von 1951, als er sich mit „Cry" auf Platz 1 der US-Hitparaden katapultierte und die Position fast 3 Monate lang halten konnte, über „Just Walking in the Rain" (1953) bis zu „Yes Tonight Josephine" (1957), zwei Ohrwürmer, die nicht nur in den USA Nummer-Eins-Hits und riesige Verkaufserfolge wurden, sondern auch in Deutschland.

Die Geschichte von Johnnie Ray und seinem Hörgerät kam viele Jahre später noch einmal zu Ehren, und zwar in den 80-er Jahren durch die britische Pop-Gruppe The Smiths. Ihr Sänger Stephen Patrick Morissey parodierte Johnnie Ray auf der Bühne und trug dazu ein Taschenhörgerät, das er in Wirklichkeit nicht brauchte. Auch in dem großen Hit „Come on Eileen" von Dexys Midnight Runners wurde Ray noch einmal als großer Sänger gewürdigt. Wie Ray benutzten (oder benutzen) auch die Sänger Frank Sinatra, Phil Collins, Huey Lewis, Duke Fakir von den „Four Tops", Pete Townshend von „ The Who", Barry Hay von „Golden Earring", Bobby Kimball von „Toto", Spencer Davies und Johnny Cash eine Hörhilfe.

Der „Man in Black" Johnny Cash (1932-2003) trug seit 1990 eine Hörhilfe.

Verdacht in Downing Street 10

Geräte pro Jahr und war überhaupt nicht darauf angewiesen, eines seiner Geräte aus Russland zu beschaffen. Hatte der sowjetische Geheimdienst das Gerät auf Geheiß Stalins. sorgfältig präpariert?

In einem Brief vom 16. Februar 1953 informierte ein Mitglied des britischen Geheimdienstes den Sekretär des Premierministers über die heikle Angelegenheit und wies auf die Möglichkeit hin, dass Poliakoff nicht nur das Hörgerät betreuen könnte, sondern auch eine daran vorgenommen technische Manipulation. In seiner Antwort vom 24.Februar 1953 informierte der Sekretär den Geheimdienstbeamten darüber, dass Poliakoff nicht länger in den Diensten des Premierministers stehen dürfe und man jemanden anderes finden müsse, der sich künftig um das Hörgerät kümmern könne. Der Premierminister habe diesem Vorschlag bereits zugestimmt. Diese Korrespondenz wird heute im Churchill-Archiv in London aufbewahrt und wurde damals als „top secret" eingestuft.

Sir Winston Winston Churchill war von 1945 bis 1951 und ein zweites mal von 1951 bis 1955 Premierminister des Vereinigten Königreichs. Dazwischen und danach gehörte er als Abgeordneter dem Unterhaus an. 1953 erhielt er für seine „Geschichte des Zweiten Weltkriegs" den Literaturnobelpreis.

Churchill auf dem Weg von der Downing Street 10 zu seiner Privatwohnung. Deutlich ist zu sehen, dass er sein Taschengerät gegen ein Hinter-dem-Ohr-Gerät ausgetauscht hat. Das Bild entstand Ende 1958.

First Lady

Franklin D. Roosevelt,
Präsident der USA von 1933-1945.

Es gab immer mal wieder Unterstützung aus dem Weißen Haus für Menschen mit Hörproblemen, mal durch finanzielle Zuwendungen, mal durch öffentlichkeitswirksame Bekenntnisse zum Hörgerät. So schaffte es 1951 die gemeinnützige „Better Hearing Foundation", die Gattin des 32. Präsidenten der Vereinigten Staaten von Amerika, Franklin D. Roosevelt (1884-1945), für die Ankündigung der „National Hearing Week" zu gewinnen, die auf 500 Radiostationen ausgestrahlt wurde.

First Lady

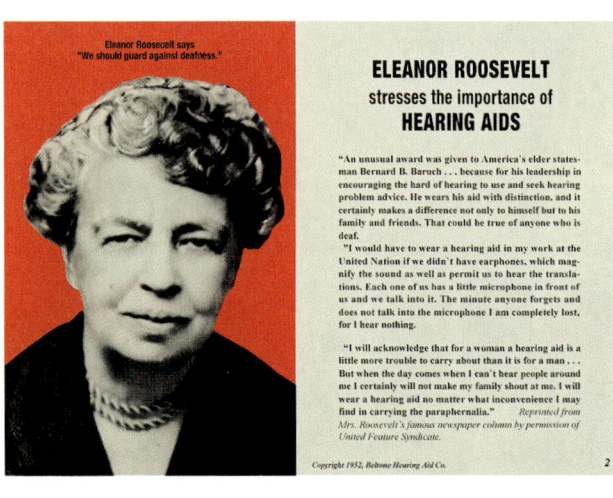

Ein Werbeflyer, der mit Genehmigung der First Lady im Jahr 1952 verteilt wurde.

Eleanor Roosevelt zeigte sich oft mit ihrer Hörbrille.

Anna Eleanor Roosevelt war von 1933 bis 1945 die „First Lady" ihres Landes und hatte sich schon öfter für schwerhörige und taube Kinder eingesetzt. Sie selbst hatte seit ihrer Kindheit einen Hörschaden und benutzte seit vielen Jahren ein Hörgerät. Sie war deshalb für das Thema in besonderer Weise sensibilisiert.

1952, als sie Präsidentin der Menschenrechtsorganisation der Vereinten Nationen war, sagte sie einer großen Tageszeitung: „Wenn wir in den Sitzungen der Kommission keine Kopfhörer zum Mithören hätten, würde ich sicherlich die ganze Zeit über ein Hörgerät benutzen müssen. Aber manchmal nützen auch die Kopfhörer nichts, weil ein Sprecher nicht dicht genug in das Mikrofon spricht und ich ganze Sätze nicht mitbekomme." Noch im selben Jahr ließ sie sich mit einer Hörbrille fotografieren, die gerade erfunden worden war und durch Mrs. Roosevelt weltweit große Beachtung fand. Durch die Transistortechnik war es möglich geworden, den Verstärker eines Hörgerätes im Brillenbügel unterzubringen und auch Hörer und Mikrofon waren so klein

Auch Hollywood setzte sich für Hörgeräte ein, wie hier Bob Hope im Jahr 1949. Die Anzeige der Firma Paravox erschien in allen großen Zeitungen in den USA.

geworden, dass sie dort ebenfalls Platz fanden. Später benutzen auch die Präsidenten Ronald Reagan, George Bush senior und Bill Clinton öffentlich Hörgeräte. Im Fall von Ronald Reagan hatte das sogar soviel Aufsehen erregt, dass die Hörgeräteindustrie geradezu einen Boom erlebte und wochenlang die große Nachfrage nach den Geräten nicht befriedigen konnte.

Der große Kommunikator

Der Briefträger hat ein Päckchen mit zwei Hörgeräten gebracht.
Präsident und Sekretärin staunen, wie klein die sind.

Ronald Reagan hat nie den Namen des Schützen und des Films genannt, bei dessen Dreharbeiten sich in den späten 30er Jahren in der Nähe seines Kopfes versehentlich ein Pistolenschuss aus einem 38er Revolver gelöst und sein Gehör verletzt hatte. Er schwieg, weil er der Meinung war, dass er als Kollege und Vorsitzender der Schauspielergewerkschaft die Karriere eines anderen Schauspielers nicht belasten sollte. Wie schwer die Schädigung seines Gehörs damals war, ist ebenso wenig bekannt geworden wie die Gründe dafür, dass Reagan mehr als vierzig Jahre nichts dagegen unternahm.

Es mag sein, dass sie ihn bei der Ausübung seines Berufes nicht wirklich behinderte und er deshalb keinen Handlungsbedarf sah.

Wahrscheinlicher ist aber, dass er als Schauspieler, der auch viele Cowboy-Helden darstellte, das Bild eines kerngesunden und kräftigen Mannes nicht beschädigen wollte. Im Wahlkampf 1980 war das Alter des bis dahin ältesten Bewerbers um das Präsidentenamt ein heikles Thema. Reagans Beraterteam vermied es deshalb, sein schlechtes Hörvermögen zu erwähnen. Anders als seine Berater war Reagan aber der Meinung, dass es klüger sei, in der Öffentlichkeit unbefangen mit seinem Alter umzugehen, zumal er sich kerngesund und leistungsfähig fühlte. Er versuchte die verbliebenen Bedenken der Öffentlichkeit zu zerstreuen, indem er versprach zurückzutreten, falls die Ärzte des Weißen Hauses ihn für nicht gesund erklären sollten. Gleichzeitig wies er sie an, die Presse einmal im Jahr über seinen Gesundheitszustand zu informieren. Diese Offenheit zahlte sich aus, denn als das Weiße Haus am 23. August 1983 die Meldung herausgab, der Präsident höre auf dem rechten Ohr schlecht, war das der New York Times nur eine kleine Meldung wert. Wäre das verschwiegen worden und die Presse hätte auf andere Weise davon erfahren, wäre womöglich eine Schlagzeile daraus geworden.

Eine ganz andere Wirkung hatte dagegen eine Verlautbarung des Weißen Hauses, die zwei Wochen später von fast allen großen Tageszeitungen in Amerika veröffentlicht wurde. Darin hieß es, der Präsident habe auf dem rechten Ohr einen Hörverlust, der zunehmend zu Sprachverständnisproblemen führe. Er trage deshalb seit kurzem ein Hörgerät. Er habe dies öffentlich machen wollen, um allen Menschen mit Hörproblemen Mut zu machen, sich ebenfalls ein Hörgerät anpassen zu lassen. Zu dem Bericht brachten alle Zeitungen ein Bild von Reagan, auf dem das Gerät deutlich zu sehen war. Die Wirkung dieser Pressemeldung war enorm. Nur zwei Tage später brachte die Times einen längeren Bericht, dass Reagans öffentliches Bekenntnis eine gewaltige Nachfrage nach Hörgeräten ausgelöst habe. Das wurde noch dadurch befördert, dass er eines der neuen maßgefertigten Geräte erhalten hatte, die kaum sichtbar im Gehörgang getragen wurden und gerade auf den Markt gekommen waren. In die Geschichte der Hörgeräteindustrie ist dieser verkaufsfördernde Effekt, der durch einen Prominenten ausgelöst worden war und in dieser Form nie wiederholt werden konnte, als „Reagan-Boom" eingegangen. Das bescherte den Herstellern zunächst

Der große Kommunikator

allerdings große Probleme, weil diese Geräte keine Seriengeräte waren, die man nur aus dem Regal zu nehmen brauchte, sondern nach dem individuellen Ohrabdruck des Kunden handwerklich in einer speziellen Fabrik hergestellt werden mussten. Zu dieser Zeit gab es aber kaum Hersteller, die das konnten. Fieberhaft richteten die Firmen nun Fertigungsstätten ein und bildeten Personal aus.

Präsident Reagan, der sich stets bereitwillig für die gesundheitlichen Aufklärung der Bevölkerung einsetzte, blieb dem Gedanken des besseren Hörens auch in den folgenden Jahren verbunden. So erklärte er den 21. Mai 1986 zum „Better Hearing and Speech Month". In seinem Begleitwort hieß es:

„Helfen wir den Menschen, deren kommunikative Fähigkeiten eingeschränkt sind, sich zu entfalten, und beseitigen wir die Hindernisse, die sie daran hindern. Unser Bemühen wird nicht nur ihr Leben bereichern, sondern auch unser eigenes."

Anfang 1988 verschlechterte sich Reagans Hörvermögen und sein langjähriger Audiologe und Ohrenarzt, Dr. John House aus Los An-

Der Präsident versucht, in der Kaffeeküche des Oval Office die Batterie seines zweiten Im-Ohr-Gerätes zu wechseln.

geles, passte ihm jetzt auf beiden Seiten Im-Ohr-Geräte an. Es waren diesmal deutsche Fabrikate und eine der ersten, bei denen man die Lautstärke und den Klang durch eine Fernbedienung einstellen konnte. Reagan hielt den Besuch von Dr. House und seine ersten Erfahrungen mit den neuen Geräten unter dem 9. Februar 1988 in seinem Tagebuch fest, das 2007 veröffentlicht wurde. Die Meldungen von Reagans offenem und ermutigendem Umgang mit seinen Hörgeräten waren bis nach Deutschland gedrungen. Dort beschloss die „Fördergemeinschaft Gutes Hören" dem Präsidenten die Alexander-Graham-Medaille für seine besonderen Verdienste um die Förderung des öffentlichen Hörbewusstseins zu verleihen. Diese Medaille war zuvor nur Wissenschaftlern der Hals-Nasen-Ohrenheilkunde verliehen worden. Dennoch war man der Meinung, dass Reagan ein würdiger Preisträger sein würde. Am 28. September 1988 wurde ihm die Medaille von einer Delegation aus Deutschland im Weißen Haus überreicht. Auch dieses vermerkte der Präsident in seinem Tagebuch.

1994 wurde bei Reagan die Alzheimersche Krankheit diagnostiziert. Auch da zeigte er wieder seine menschliche Größe und Haltung, denn er ließ die Öffentlichkeit darüber nicht im Ungewissen und verabschiedete sich stattdessen von dem amerikanischen Volk mit den bewegenden Worten: „Ich trete nun die Reise an, die mich zum Sonnenuntergang meines Lebens führen wird". Es wurde allgemein damit gerechnet, dass er nur noch 6 oder 7 Jahre zu leben habe und der Prozess der Degeneration sehr schnell einsetzen würde.

Aber es kam anders, denn er starb erst 10 Jahre später und in den ersten Jahren war er trotz seiner Erkrankung geistig erstaunlich fit. Wie war das möglich? Eine mögliche Antwort darauf ergibt sich erst heute: Wahrscheinlich hat ihm der Gebrauch seiner Hörgeräte zwei bis drei zusätzliche Jahre bei

Dr. Volker Geers übergibt 1988 die Alexander-Graham-Bell- Medaille an Ronald Reagan.

Der große Kommunikator

klarem Bewusstsein geschenkt. 2007 ergab nämlich eine wissenschaftliche Studie der französischen Forschungsgruppe GRAP, dass altersschwerhörige Menschen über 75 Jahre, die kein Hörgerät benutzen, ein zweieinhalb mal so hohes Risiko haben an degenerativer Demenz zu erkranken wie solche, die eines benutzen. Dadurch, dass das Gehirn eines demenzgefährdeten Menschen durch die Hörgeräte ständig akustische Reize erhält und so seine kognitiven Fähigkeiten stimuliert werden, wird offenbar der Degeneration der Hirnzellen im auditorischen Kortex entgegen gewirkt. Und wer bereits an Morbus Alzheimer erkrankt ist, kann noch wertvolle Jahre hinzu gewinnen. Ronald Reagan starb am 5. Juni 2004 an einer Lungenentzündung und wurde in seiner Heimat Kalifornien auf seinen Wunsch bei Sonnenuntergang beigesetzt. Für seinen Grabstein hatte er schon Jahre zuvor selbst die Worte gewählt: „In meinem Herzen weiß ich, dass der Mensch gut ist und dass das Richtige am Ende immer siegen wird. Und ich weiß, dass jedes Leben einen Sinn und einen Wert hat."

Es hatte zunächst so ausgesehen, als ob der ehemalige Gouverneur von Kalifornien und spätere 40. Präsident der Vereinigten Staaten von Amerika, Ronald Wilson Reagan (1919-2004), der von 1981 bis 1989 das mächtigste Land der Welt regierte, seinen Platz in der Geschichte nur als Visionär eines gigantischen militärischen Abwehrschildes im Weltraum (SDI) und als Kämpfer gegen das kommunistische „Reich des Bösen" finden würde. Stattdessen bleibt er im Gedächtnis der Menschen vor allem der Mann, der sich selbst besiegen konnte. Er hat die Welt am Ende nur mit der Macht der Worte und der Ausstrahlung seiner Persönlichkeit verändert. Er galt als ein großer Kommunikator, der die Menschen für sich gewinnen konnte. Sein historisches Verdienst bleibt, dass er die Zeit des Kalten Krieges beendet hat und damit letztlich die Spaltung der Welt in Ost und West. Unvergessen ist seine Rede am 12. Juni 1987 vor dem Brandenburger Tor in Berlin, wo er dem sowjetischen Generalsekretär zurief: „Mister Gorbatschow, öffnen Sie dieses Tor und reißen Sie diese Mauer nieder!" Zwei Jahre später fiel die Mauer und der Weg zur deutschen Einheit begann.

Pressekonferenz im Weißen Haus

Der 42. Präsident der Vereinigten Staaten von Amerika, William Jefferson Clinton, hatte schon seit Jahren bemerkt, dass er bei Störlärm Schwierigkeiten hatte, seine Gesprächspartner zu verstehen. Im Rahmen seiner jährlichen Gesundheitsuntersuchungen wurde auch immer sein Gehör untersucht. Das Ergebnis war stets dasselbe, nämlich dass der Präsident auf beiden Ohren einen leichten Hochtonverlust hat. Nach Ansicht seiner Ärzte gab es aber noch keinen Grund, ein Hörgerät zu benutzen. Das änderte sich 1997, als Clinton im Alter von 51 Jahren darüber klagte, dass seine Sprachverständnisprobleme zugenommen hätten.

Nach einer allgemeinen Gesundheitsprüfung am 3. Oktober 1997, an der Spezialisten aus verschiedenen Fachbereichen der Medizin teilgenommen hatten, informierte der Presse-

133

Pressekonferenz im Weißen Haus

sprecher des Weißen Hauses, Mike McCurry, die Öffentlichkeit in einer Pressekonferenz unter anderem darüber, dass sich der Präsident einer erneuten Hörprüfung unterzogen habe. Das Ergebnis sei gewesen, dass ein Hochtonhörverlust festgestellt worden sei und der Präsident zwei Hörgeräte bekommen würde.

Mehrere Reporter meldeten sich und wollten mehr über die gesundheitlichen Probleme des Präsidenten wissen, so über die Zyste, die ihm an diesem Tag aus der Brust entfernt worden war, und eine Knieverletzung, die ihm offensichtlich zu schaffen machte. Vor allem aber interessierte die Presse die Information, dass der Präsident schlecht hört und Hörgeräte tragen wird.

Reporter: „Sie haben den Hörverlust des Präsidenten und seine zukünftigen Hörgeräte erwähnt. Wie fühlt sich der Präsident jetzt in dieser Hinsicht?"

McCurry: „Er hat schon länger das Problem, etwas zu verstehen, wenn er sich in geschlossenen Räumen mit vielen Menschen aufhält. Auch wenn er eine Rede hält und es gibt einen Zwischenruf, dann kann er nicht darauf reagieren, weil er nichts verstanden hat.

Aber er ist zuversichtlich, dass es mit seinen Hörgeräten jetzt besser wird. Aber vielleicht kann uns Dr. James Suen, der Leiter der HNO-Klinik an der Universität von Arkansas mehr dazu sagen."

Dr. Suen: „Ja, gern. Der Hörverlust des Präsidenten ist nicht ungewöhnlich. Es ist ein mittlerer Hochtonverlust, aber ich würde den noch nicht als hochgradig bezeichnen. Was die Hörgeräte betrifft, so will er sie zunächst nur in bestimmten Situationen tragen, zum Beispiel auf Partys, wo es sehr viel Lärm im Hintergrund gibt."

Reporter: „Sie sagen, der Hörverlust sei nicht ungewöhnlich. Was meinen Sie damit?"

Dr. Suen: „Ich will damit sagen, dass viele Menschen diese Art von Hörverlust haben. Durch die hohe Lärmbelastung, der wir heute alle ausgesetzt sind, verlieren wir im Laufe des Lebens zuerst die Fähigkeit, die hohen Töne zu hören. Das geht schon bei den Teenagern los, die oft laute Rock 'n' Roll Musik hören oder in einer Band spielen.

Wie man sieht, kann Bill Clinton auf der Pressekonferenz wieder alles hören und verstehen.
Das Bild entstand drei Jahre nachdem er seine Hörgeräte bekommen hatte.

Wie Sie wissen, hat der Präsident dies in jungen Jahren getan."

Reporter: „Kann man es sehen, wenn der Präsident, seine Geräte tragen wird?"

Dr. Suen: „Nein. Ich kann Ihnen verraten, dass ich selbst gerade ein Gerät im Ohr habe. Sehen Sie etwas? Man nennt das ein Gehörgangsgerät, weil es fast komplett im Ohr verschwindet. Sie werden also nie wissen, wann der Präsident seine Geräte trägt und wann nicht."

Reporter: „Ist es schwer, so ein Gerät einzusetzen?"

Dr. Suen: „Nein, das ist ganz einfach. Man setzt es hinein und nimmt es wieder heraus. Das ist alles."

Reporter: „Ist es schwer, das Gerät zu bedienen?"

Dr. Suen: „Nein, das ist ein High-Tech-Gerät. Das macht alles ganz allein. Man muss nichts daran einstellen."

Reporter: „Sie sprechen in Bezug auf den Präsidenten von zwei Geräten. Warum zwei?"

Dr. Suen: „Der Präsident hat einen symmetrischen Hochtonverlust, also auf beiden Ohren.

Pressekonferenz im Weißen Haus

Deshalb wird er auch zwei Geräte bekommen."

Reporter: „Hat der Präsident die Befürchtung, man könnte die Hörgeräte als ein Zeichen der Schwäche ansehen?"

Dr. Suen: „Er hat das eine Zeitlang befürchtet und deswegen gezögert, Hörgeräte zu benutzen. Aber wir haben ihn überzeugen können, dass er es tun sollte."

Seit diesem Tag benutzt Bill Clinton die Geräte täglich. Es handelt sich um eine besonders kleine Bauform, die man „Completely in the Canal" oder kurz CIC nennt. Weil beide Geräte „komplett im Gehörgang" verschwinden, gibt es keine Fotografien, auf denen man sie sehen kann.

Der Staatsmann und der Scherentest

Es ist seit den 80-er Jahren bekannt, dass Helmut Schmidt schwerhörig ist. Schon auf einigen älteren Pressephotos ist zu sehen, wie er auf Konferenzen die Hand hinters Ohr hält. Dagegen unternommen hatte er jedoch lange nichts, denn er hörte seiner Meinung nach noch ganz gut. Die Anderen mussten nur laut und deutlich sprechen. 1998 erzählte er einem Journalisten von seinem Vater, der 92 Jahre alt geworden sei, vom Krieg, von dem Knalltrauma, das er als junger Soldat an der Flak erlitten habe, und dass er noch 80 Stunden in der Woche arbeite. Was der Öffentlichkeit bis dahin entgangen war und jetzt auch zur Sprache kam, war die Tatsache, dass er schon seit einigen Jahren zwei individuell angefertigte Im-Ohr-Hörgeräte benutzte. Er sagte dem Besucher, dass er die Geräte hauptsächlich im Theater benutze, wenn er nicht nah genug an der Bühne säße und die Schauspieler nicht

Der Staatsmann und der Scherentest

verstehen könne. In anderen Situationen, zum Beispiel beim Telefonieren und Fernsehen, behelfe er sich, indem er einfach den Ton lauter drehe. Er hatte bis dahin aber nicht die Geduld aufgebracht, sich an den dauerhaften Einsatz der Hörhilfen zu gewöhnen. Während er seine Herzschrittmacher ständig tragen musste, betrachtete er seine Hörgeräte lediglich als situativ verfügbare Option.

In Zusammenarbeit mit einer amerikanischen Audiologin und einem Hamburger Hörgeräteakustiker bekam Schmidt drei Monate später für sein rechtes Ohr ein digital programmierbares Hinter-dem-Ohr-Gerät angepasst, das gerade auf den Markt gekommen war. Es saß auf Anhieb und gefiel ihm auch wegen der schlanken Form und leichten Bedienung gut. Obwohl er kein Fachmann war, wusste er doch genau worauf es ankam, und machte gleich einen ungewöhnlichen Test: Er griff nach einer großer Papierschere und ließ sie aus beträchtlicher Höhe auf seinen Schreibtisch fallen. Es gab einen fürchterlichen Knall, aber Schmidt zuckte nicht mit der Wimper. Er hatte den Knall nicht als störend oder schmerzhaft wahrgenommen, denn die Störschallunterdrückung des Gerätes hatte sehr schnell

In den 70er Jahren waren die Hörprobleme des Kanzlers nicht mehr zu leugnen.

reagiert. Schmidt war zufrieden. Er hatte nämlich davon berichtet, dass seine alten Geräte auch störenden Lärm verstärkten, was er in vielen Situationen als sehr unangenehm empfand.

Ein paar Monate später, als er die Vorzüge des Hinter-dem-Ohr-Gerätes zu schätzen gelernt

Zwei mit Kommunikationsproblemen – nicht nur im physiologischen Sinn.
Helmut Schmidt mit der britischen Premierministerin Margaret Thatcher.

hatte, ließ er sich von seinem Akustiker noch zwei andere, stärkere Geräte anpassen, die ihm der Vorstandsvorsitzende von Siemens, Heinrich von Pierer, empfohlen hatte. Er trägt seitdem fast immer zwei Geräte, weil das räumliche Hören, das Lautstärkeempfinden und das Sprachverständnis mit zwei Geräten besser ist als mit einem. Wer sich erst einmal an ein besseres Hören gewöhnt hat, kann nicht mehr darauf verzichten. Als Helmut Schmidt einmal auf einer Bundespressekonferenz in Berlin seine Geräte nicht dabei hatte und die Journalisten nicht verstehen konnte, musste er gleich dreimal nachfragen. Er nahm es aber mit Humor und erklärte zu seiner Entschuldigung: „Sie müssen etwas lauter sprechen. Ich bin zwar erst 83, aber meine Ohren sind schon 93!"

Schmidts große Arbeitsbelastung und sein starker Nikotin- und Koffeingenuss hatten eines Tages ihre Wirkung gezeigt. Anfang 1999 erlitt er einen Hörsturz und musste stationär behandelt werden. Gerade aus dem Krankenhaus entlassen, wurde er von einem Journalisten gefragt, was er denn nun als Erstes zu tun gedenke. Schmidt steckte sich genüsslich eine Mentholzigarette an und antwortete: „Arbeiten natürlich! Was denn sonst?"

Helmut Schmidt war nach dem Zweiten Weltkrieg zunächst von 1953 bis 1962 Mitglied des Deutschen Bundestags, danach bis 1965 Senator für Inneres in Hamburg, von 1965 bis 1987 wieder Mitglied des Deutschen Bundestags, von 1967 bis 1969 Fraktionsvorsitzender der SPD, von 1969 bis 1974 mehrmals Minister in

Der Staatsmann und der Scherentest

Dank seiner Hörgeräte hat Helmut Schmidt den Witz, der besonders gut gewesen sein muss, gehört und verstanden. 1998 während einer Veranstaltung der Handelskammer Hamburg.

Bonn (Verteidigung, Wirtschaft, Finanzen) und schließlich von 1974 bis 1982 Kanzler der Bundesrepublik Deutschland. Danach wurde er Herausgeber der Wochenzeitung DIE ZEIT und schrieb mehr als zwei Dutzend Bücher und unzählige Artikel über Außen-, Verteidigungs- und Wirtschaftspolitik, von denen einige Bestseller wurden. Sein Rat ist noch immer in der ganzen Welt gefragt. Er unternahm noch bis ins hohe Alter viele Vortragsreisen in die ganze Welt. Inzwischen hat er sich mehrfach Hörsysteme mit der jeweils neuesten Technik anpassen lassen und trägt sie den ganzen Tag. Die Geräte sind für ihn unverzichtbar geworden. 2006 bestätigte er der Redaktion einer Fachzeitschrift: „Ich kann Ihnen versichern, dass meine Hörgeräte nicht in der Schublade liegen!".

Immer kleiner – immer besser

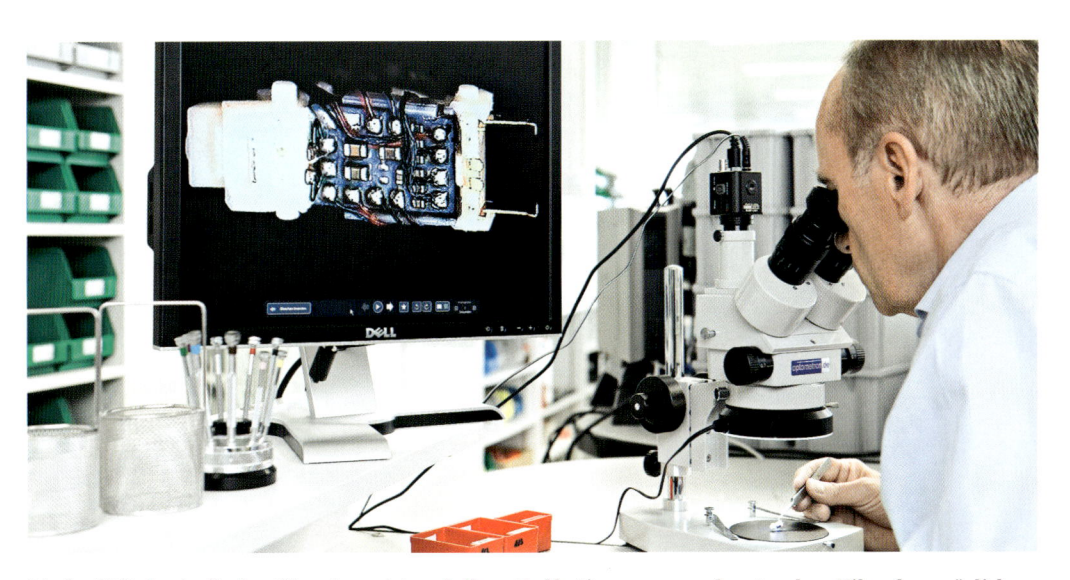

Die Qualitätskontrolle der Hörsysteme ist nach ihrer Endfertigung nur noch unter dem Mikroskop möglich. Gleichzeitig kann der Techniker die Elektronik auf einem Bildschirm sehen.

Schon in den 30er Jahren hatten einige Wissenschaftler den Wunsch, eine elektronische Schaltung, die aus vielen einzelnen Bauteilen und Drahtverbindungen bestand, einfacher herstellen zu können. So wollten sie zum Beispiel die Montageplatte eines Radioapparates, auf der die Röhren, Wandler, Gleichrichter, Kondensatoren und Widerstände befestigt wurden, so konstruieren, dass sie auf die vielen Drahtverbindungen zwischen den Bauteilen verzichten konnten. Das Zuschneiden, Auslegen und Verlöten der kleinen Drähte verlangte nämlich eine umfangreiche manuelle Arbeit und die Lötstellen blieben – wegen der relativ langen und beweglichen Drähte – immer empfindliche Bruchstellen, die den Radioapparat störanfällig machten.

Die Idee war nun, den Schaltplan, so wie er auf dem Papier entworfen worden war, direkt auf die Montageplatte zu übertragen, ohne dass es noch der Drähte bedurfte. Die elektrischen Verbindungswege wurden dazu einer mit Kupferfolie belegten Montageplatte im Siebdruckverfahren mit Lack aufgedruckt und die überflüssigen Kupferflächen, die nicht durch den Lack geschützt waren, einfach weggeätzt. Es blieben „Leiterbahnen" übrig, die

Immer kleiner – immer besser

Die Notizen Kilby's und sein erster integrierter Schaltkreis von 1958. Links sieht man einen integrierten Schaltkreis, wie er in den 8oer Jahren in vielen Elektrogeräten eingesetzt wurde.

die Verbindungswege zwischen den Bauteilen darstellten, die jetzt nur noch in die vorgesehenen Stellen auf der Montageplatte gesteckt und an die Leiterbahnen angelötet werden mussten. Ein bisschen gab es also immer noch zu löten, doch das konnte bald durch das Verfahren der „Tauchlötung" automatisiert werden. Die „gedruckte Schaltung" war geboren, die sich ab 1949 auch die Hörgeräteindustrie zunutze machte. Zusammen mit den neu erfundenen Transistoren, die schrittweise die Röhren ersetzten, ließen sich die Geräte preiswerter, schneller, kleiner, leichter und qualitativ zuverlässiger herstellen als jemals zuvor.

Doch auch damit waren die Wissenschaftler bald nicht mehr zufrieden und sie kamen auf den Gedanken, die Montageplatte – auch Platine genannt – in mehrere Rechtecke aufzutei-

Im Jahr 2000 empfängt Jack S. Kilby den Nobelpreis für Physik aus den Händen des schwedischen Königs Carl XVI. Gustav von Schweden. An diesem Tag trägt er ein Hinter-Ohr-Gerät.

len, diese zu stapeln und den auf diese Weise entstandenen Block mit Harz zu versiegeln. Das sparte noch mehr Platz und machte die Schaltung noch reparaturfreundlicher, weil man im Falle eines Defektes einfach den ganzen Block austauschen konnte. Doch der Ehrgeiz der Wissenschaft und der Industrie, immer kleinere und bessere elektronische Schaltungen und Bauelemente herzustellen, war immer noch nicht befriedigt. 1958 hatte ein Angestellter bei Texas Instruments namens Jack S. Kilby (1923-2005) einen genialen Einfall, der die Miniaturisierung der Elektronik nochmals einen großen Schritt nach

Immer kleiner – immer besser

vorne bringen sollte. Kilby fragte sich, ob es eigentlich notwendig sei, Transistoren, Kondensatoren und Widerstände als einzelne Bauteile auf die Platine aufzusetzen, oder ob man nicht deren unterschiedliche Funktionen in ein einziges multifunktionelles Bauteil aus halbleitendem Material wie Silizium oder Gallium-Arsenid integrieren könnte. Ihn ärgerte, wie er sich ausdrückte, die „Tyrannei der großen Zahl". Damit meinte er den Umstand, dass die aufkommenden Computer immer mehr elektronische Komponenten brauchten und langsam die Ausmaße von Kleiderschränken annahmen, obwohl sie eigentlich nur das konnten, was heute kleine Taschenrechner leisten.

Eine merkwürdige Fügung des Schicksals ermöglichte es Kilby, seine Idee weiter zu entwickeln und zu testen. Als Neuling bei Texas Instruments durfte er, wie das in den USA üblich ist, keinen Urlaub nehmen und musste sich im Sommer in der Firma irgendwie beschäftigen. Weil die anderen alle in die Ferien gefahren waren, hatte Kilby das ganze Labor für sich allein. Er fügte ein paar Transistoren, Widerstände und Kondensatoren in einem einzigen Teil zusammen und stellte fest, dass es dasselbe leistete wie eine wesentlich größere Schaltung, auf der die Komponenten einzeln platziert waren.

Als seine Kollegen aus den Ferien zurück waren, führte ihnen Kilby voller Stolz seine Erfindung vor. Die hatten schnell erkannt, dass Kilby der Erfinder einer neuen Technologie war, die sie „integrierten Schaltkreis" nannten und die heute meistens als „Chip" bezeichnet wird. Im Jahr 2000 erhielt Kilby dafür den Nobelpreis für Physik. Der Verzicht auf den Urlaub im Sommer 1958 hatte sich für ihn gelohnt.

1966 wurden Chips erstmals in Taschenrechnern eingesetzt, die wenig später zu einem Riesenerfolg wurden und aus dem heutigen Leben nicht mehr wegzudenken sind. Auch die Computer, deren Entwicklung schon in den 50er Jahren begonnen hatte und die zunächst noch mit Röhren, Relais und später auch mit Transistoren bestückt waren, sind in ihrer heutigen Form ohne Chips nicht denkbar. Fast alle Berechnungen im modernen PC finden auf dem Prozessor, einem kleinen Silizium-Chip statt. Er umfasst bis zu 400 Millionen Transistoren und die Leiter-

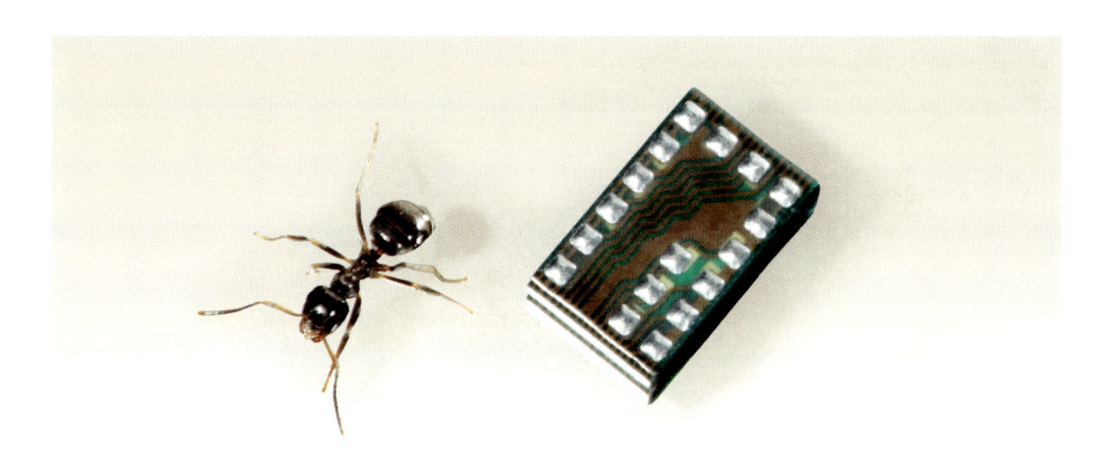

Der winzig kleine Chip, der aus einem Hörgerät ein modernes Hochleistungs-Hörsystem macht. Er leistet mit drei Prozessoren und 8 Millionen Transistoren 120 Millionen Rechenvorgänge pro Sekunde. Dazu enthält er noch einen Speicher, auf dem die Einstellungen des Systems und die Hörgewohnheiten des Benutzers gespeichert sind.

bahnen, die diese Transistoren miteinander verbinden, sind so dünn geworden, dass man ihre Stärke nur noch in Millionstel Millimetern (Nanometer) angeben kann. Seine Speicherkapazität konnte in den letzten beiden Jahrzehnten von wenigen tausend auf mehrere Milliarden Informationseinheiten (bits) gesteigert werden.

Der elektronische Chip hat wie keine andere Erfindung zuvor die Horizonte des Menschen erweitert. Heute werden jedes Jahr für 250 Milliarden Dollar Chips hergestellt und verkauft und sie werden immer kleiner und leistungsfähiger. Schon in einem Jahrzehnt, so glaubt die Industrie, wird es Prozessoren mit einer Milliarde Transistoren geben.

Jack S. Kilby hat Taschenrechner und Computer noch selbst erlebt und benutzt. Auch das moderne Hörgerät, das durch seine Erfindung ebenfalls erheblich verbessert werden konnte, hat er noch kennen gelernt. Er war nämlich schwerhörig und hat regen Gebrauch davon gemacht.

Digital – einfach genial

Der Fortschritt bleibt niemals stehen und eine Erfindung gibt den Anstoß für die nächste. So war auch der integrierte Schaltkreis nur die Voraussetzung für zwei neue Technologien, den Computer und die Digitaltechnik. Die meisten Menschen haben noch den Übergang von der Schallplatte zur CD und von der analogen zur digitalen Kamera erlebt und wissen, welche völlig neuen und vielfältigen Möglichkeiten die Digitaltechnik bietet. Ein analoges Photo muss man nach seiner Entwicklung so nehmen wie es ist, ein digitales Photo kann man am Bildschirm nachträglich fast beliebig verändern. Das wird möglich, weil das Bild in viele tausend oder gar Millionen einzelne Bildpunkte aufgelöst wird, die als kleinste elektronische Informationseinheiten - das heißt in Form von Zahlenwerten - dargestellt

Die Autoren des „MusikHörBuch" Ernst und Hans Ströer hören aus Spaß eine CD mit dem Stethoskop ab.

und gespeichert werden. Diese Zahlenwerte, die zu langen Zahlenreihen werden, lassen sich durch bestimmte Rechenoperationen eines Prozessors so verändern, dass sich aus ihnen am Ende wieder ein Bild zusammensetzen lässt, das andere Merkmale aufweist als das Original. Die Helligkeit, der Kontrast, die Farbsättigung und die Farbtemperatur können neu eingestellt und störende Bildelemente entfernt und neue eingefügt werden. Das Bild kann gezoomt und beschnitten und das Motiv vor einen anderen Hintergrund gestellt werden. Das neue Bild, das oft viel besser oder zweckdienlicher ist als das ursprüngliche, kann beliebig oft kopiert, verkleinert, vergrößert, nochmals verändert und auf verschiedene Speichermedien wie der Festplatte im Computer, der CD oder dem USB-Stick gespeichert und oder per Email in Sekundenbruchteilen versendet werden.

Hans Joachim Fuchsberger zeigt 2008 auf einer Party stolz sein neues Hörsystem und die dazu gehörige Fernbedienung herum. Sein Schauspielerkollege Mario Adorf freut sich mit ihm.

Bei der modernen Tontechnik ist das ganz ähnlich. Die vom Mikrofon aufgenommenen Schallwellen, also gewissermaßen das „Bild" des Klanges, werden mindestens 16.000 Mal pro Sekunde elektronisch abgetastet und gemessen und in ebenso viele Zahlenwerte aufgelöst. Auch hier geht es im Prinzip um Zerlegung, Analyse, Veränderung, Speicherung und neue Darstellung. Jeder hat schon mal die Rillen einer Schallplatte betrachtet und bemerkt, dass sie ein direktes („analoges") Abbild der natürlichen Schallschwingen sind. Man kann auf einer Langspielplatte ohne weiteres die Länge eines einzelnen Musikstücks und seine

Digital – einfach genial

leisen und lauten Stellen mit bloßem Auge erkennen. Bei der CD ist das nicht mehr möglich, die Rillen sehen alle gleich aus und die Schallwellen sind nicht mehr analog, sondern digital, das heißt als scheinbar endlose Zahlenreihen dargestellt, und zwar in einer Sprache, die nur noch zwei Ausdrücke kennt: Null und Eins. Diese beiden Grundbausteine könnte man auf der CD als winzige Erhöhungen und Vertiefungen sehen, wenn man eine starke Lupe zur Hand nähme. Die Schallwellen kann man, nachdem sie in der dargestellten Weise mathematisiert worden sind, folglich auch mit mathematischen Formeln, den so genannten Signalverarbeitungsalgorithmen, umrechnen und verändern. Während die analogen Hörgeräte, die bis vor wenigen Jahren noch die Regel waren, den Schall im Prinzip nur verstärken oder dämpfen, die Höhen und Tiefen anheben oder absenken und bei Bedarf eine akustische „Notbremse" aktivieren konnten, kann der Prozessor eines digitalen Hörgerätes die Schallwellen, zum Beispiel die Sprache eines Gesprächspartners, so gezielt bearbeiten und verändern, dass sie für einen Menschen mit seinem ganz individuellen Hörverlust wieder gut hörbar sind, auch bei störenden Nebengeräuschen.

Ein modernes Hörgerät, das zum kleinen Computer avanciert ist und deshalb heute als „Hörsystem" bezeichnet wird, kann unvergleichlich mehr als eine analoges. Es kann den verstärkten Schall auf mehreren Tonkanälen – entsprechend der individuellen Hörverlustkurve eines Menschen – komprimieren, ähnlich wie man ein digitales Bild komprimieren kann, ohne dass sein wesentlicher Informationsgehalt verloren geht. Diese Kompression ist notwendig, weil Menschen mit einem Hörverlust zwar einerseits schwerer hören, andererseits aber empfindlich gegen hohe

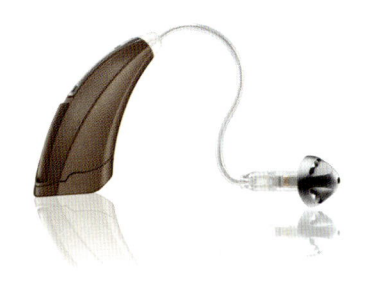

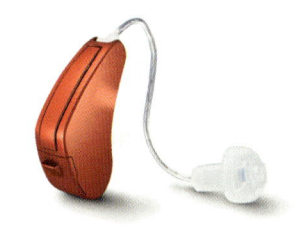

Lautstärken sind. Das Hörsystem muss also einen einmaligen Spagat leisten: Es muss den Schall verstärken und – einfach ausgedrückt - ihn gleichzeitig ohne Qualitätsverlust zusammenpressen, bis er in das Resthörvermögen seines Benutzers hineinpasst.

Und noch mehr muss ein modernes Hörsystem leisten: Es muss lästigen Umgebungslärm, der das Verstehen von Sprache erschwert, herausfiltern und unterdrücken, und zwar dort, wo er vom Hörsystem entdeckt wird: vorne rechts oder hinten links und so weiter. Diese räumliche Orientierung eines modernen digitalen Hörsystems entfaltet seine positive Wirkung auch, wenn es darum geht, bestimmte Lärmquellen richtig zu orten. Das kann ein herannahender Radfahrer sein, der zur Warnung seine Klingel betätigt oder ein Auto, das hinter einem hupt. Moderne Hörsysteme haben deshalb, so klein sie auch sind, meistens mehr als nur ein Mikrofon eingebaut. Dadurch kann es Richtung und Entfernung einer Schallquelle besser orten, so ähnlich wie bei den militärischen Horchanlagen des 1. Weltkriegs, die über mindestens zwei Horchrohre verfügten. Der Effekt des räumlichen Hörens wird natürlich um ein Vielfaches gesteigert, wenn bei Hörschwächen auf beiden Ohren auch zwei Hörsysteme benutzt werden, eines links und eines rechts. Der Mensch hat nicht ohne Grund von der Natur zwei Ohren bekommen.

Aus früheren Zeiten wissen die meisten Menschen noch, was eine Rückkopplung ist. Dieses lästige Pfeifen entstand, wenn der von einem Lautsprecher ausgestrahlte Schall von einem Mikrofon aufgefangen und dann durch die Verstärkeranlage erneut verstärkt und abgestrahlt wurde. So entstand eine sich hochschaukelnde Verstärkungsschleife. Die Benutzer der früheren analogen Hörgeräte hatten

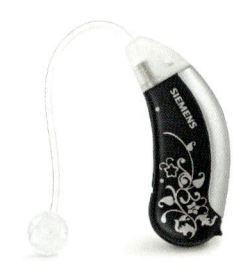

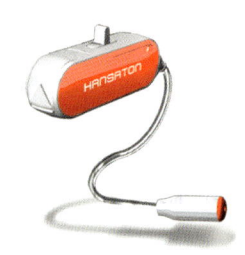

Digital – einfach genial

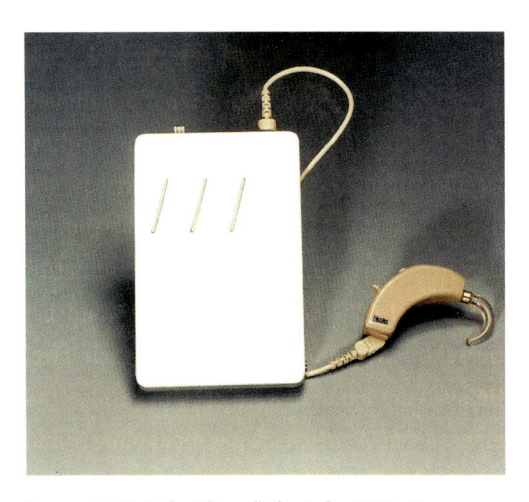

Das erste digitale Hörgerät im Jahr 1987. Es brauchte für den Prozessor noch ein eigenes Gehäuse in Form eines Kastens.

damit oft zu kämpfen. Mit der Digitaltechnik ist das vorbei. Die modernen Hörsysteme können in wenigen Millisekunden das Entstehen einer Rückkopplung entdecken und sofort durch ein bestimmtes Rechenprogramm schon im Ansatz verhindern. Pfeifende Hörgeräte gehören damit endgültig der Vergangenheit an.

Damit nicht genug: Das moderne digitale Hörsystem kann „interaktiv lernen". Das heißt, es kann sich die Hörgewohnheiten seines Benutzers merken und sich darauf einstellen. Der Hörgeräteakustiker kann diese Gewohnheiten aus dem Speicher des Hörsystems jederzeit abrufen und dadurch wertvolle Hinweise erhalten, ob das System vielleicht anders eingestellt werden sollte. Nicht mehr der Benutzer muss sich den Möglichkeiten der Technik anpassen, sondern die Technik passt sich den Wünschen seines Benutzers an.

Die Digitaltechnik hat auch für die Hörsysteme noch viel weitergehende Möglichkeiten geschaffen. So arbeiten bei beidseitiger Nutzung die Hörsysteme nicht mehr isoliert von einander, sondern sie kommunizieren drahtlos miteinander. Vorbild ist das menschliche Gehirn, das die Höreindrucke von links und rechts auch nicht getrennt verarbeitet, sondern die linken mit den rechten in Abstimmung bringt. Moderne Hörsysteme gleichen sich bei beidseitiger Nutzung ständig miteinander ab und verbessern dadurch die Hörqualität und das Richtungshören beträchtlich. Und schließlich können moderne Hörsysteme mit anderen elektronischen Geräten drahtlos in Verbindung treten und deren Signale empfangen und verarbeiten, zum Beispiel die vom Handy, vom MP3-Player, vom TV-Gerät und vieles mehr. Nun wird klar, warum es nicht mehr „Hörgerät" heißt, sondern „Hörsystem".

Die drei Bauarten in einem Bild: Links eine Hörbrille, in der Mitte ein Hinter-dem-Ohr-Gerät und rechts ein Im-Ohr-Gerät.

Auch die Hinter-dem-Ohr-Geräte sind trotz höchster Leistung immer kleiner geworden.

Bei der „offenen" Anpassung verschwindet das kleine Gerät hinter dem Ohr und nur ein dünner transparenter Schallschlauch ist noch zu sehen.

151

Digital – einfach genial

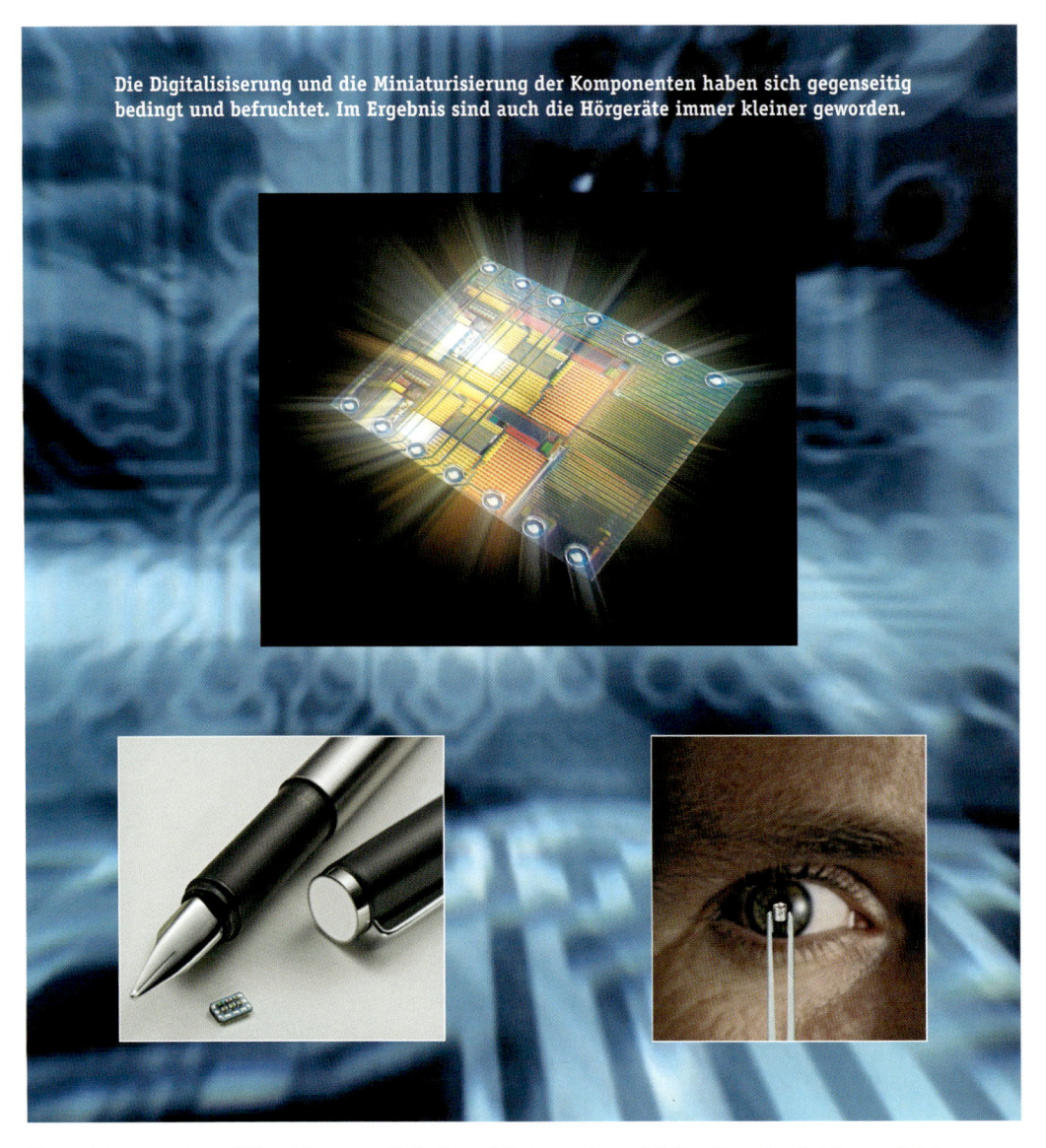

Die Digitalisiserung und die Miniaturisierung der Komponenten haben sich gegenseitig bedingt und befruchtet. Im Ergebnis sind auch die Hörgeräte immer kleiner geworden.

Oben sieht man einen Mikrochip, vorne links in gefalteter und gewürfelter Form im Größenvergleich zu einem Füllfederhalter, rechts in einer Pinzette vor dem unbestechlichen Auge des Qualitätskontrolleurs.

Ein „Wafer" (Waffel) mit 13.0000 Chips darauf. So kommen sie aus der Produktion. Die auf jedem Chip enthaltenen feinen Strukturen bewegen sich im Bereich von Nanometern (Millionstel Metern).

Auch die Hörgerätebatterien wurden immer kleiner. Rechts die Größe 675, ganz links die Größe 10, die etwa einem kleinen Hemdenknopf entspricht.

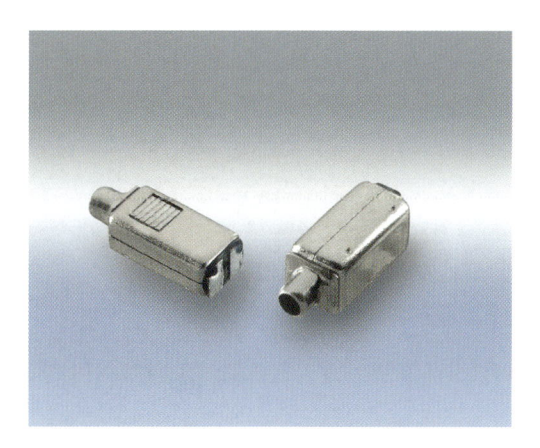

Zwei Hochleistungshörer der Firma Knowles. Sie sind etwa so groß wie ein Maiskorn.

Zwei Hochleistungsmikrofone der Firma Knowles. Sie sind kaum größer als ein Reiskorn.

Millionen Menschen Mut gemacht

Rudi Carrell erhält 1998 die Alexander-Graham-Bell-Medaille von einer Delegation der Fördergemeinschaft Gutes Hören. (Von links: Gerhard Hillig, Rudi Carrell, Inge Steinl, Rainer Schmidt)

Rudi Carrell war einer der prominentesten Hörgeräteträger in Deutschland. Mehrere Jahre setzte er sich dafür ein, dass Menschen mit Hörschwächen zum Akustiker oder Ohrenarzt gehen und einen Hörtest machen lassen. 1998 erhielt er für sein Engagement die Alexander-Graham-Bell-Medaille. Er sprach darüber 2004 mit der Zeitschrift „Audio Infos". Hier ein Auszug aus dem Gespräch:

Herr Carrell, Sie sind einer der Träger der Alexander-Graham-Bell-Medaille. Wie ist es dazu gekommen?

Carrell: Das war eine Anerkennung dafür, dass ich mich schon Jahre zuvor bei jeder passenden Gelegenheit vor einem Millionenpublikum im Fernsehen über den Nutzen von Hörgeräten geäußert hatte und auch nie ein Hehl daraus gemacht habe, dass mein eigenes Gehör nicht mehr das Beste war. Ich wollte den Menschen Mut machen, sich ein Hörgerät anpassen zu lassen, wenn sie nicht mehr gut hören können.

Wann hatten Sie bemerkt, dass ihr Hörvermögen nachäßt?

Carrell: Das war schon vor 10 Jahren. Da bin ich zu einem HNO-Arzt gegangen und habe mein Gehör prüfen lassen. Das Ergebnis konnte ich zunächst gar nicht glauben, denn der

Hörverlust lag schon bei 40 dB, und zwar hauptsächlich bei den hohen Tönen.

Rudi Carrell ging gerne zu seinem Hörgeräteakustiker Uli Schmitz in Verden an der Aller.

Ich glaube, dass ich von meinem Großvater erblich vorbelastet bin. Er war schwerhörig und ich sehe ihn noch heute vor mir, wie er sich dieses große Hörrohr ans Ohr hielt, wenn ich mit ihm sprach. Und dann war mir schon als Kind aufgefallen, dass ich keine laute Musik und keinen Lärm mochte. Als ich mal im Zirkus war, hatte der Clown mit einer Pistole Platzpatronen abgeschossen. Ich hatte mich ziemlich erschrocken und gar nicht begriffen, was daran witzig sein sollte. Vermutlich war mein Innenohr schon vorgeschädigt.
Noch heute meide ich laute Umgebungen, und Krach ist für mich geradezu unerträglich.

Was für Hörgeräte tragen Sie?

Carrell: Ich habe zwei verschiedene Typen von Im-Ohr-Geräten gehabt, die ich auch mehrere Jahre getragen habe. Seit kurzem habe ich zwei Geräte, bei denen der Gehörgang frei und normal belüftet bleibt. Das hat den Vorteil, dass ich die Geräte fast nicht spüre, besser damit telefonieren kann und auch die normalen Geräusche wieder höre.

Und wie bewähren sich die Geräte in lauter Umgebung?

Carrell: Ganz hervorragend. Ich habe früher auf Partys immer darunter gelitten, dass ich alle Leute hören konnte, nur nicht den Gesprächspartner, der direkt vor mir stand. Andererseits höre ich im Restaurant das Klappern des Geschirrs jetzt nicht mehr so laut wie früher. Heute höre ich gezielt die Sprache meines Gegenübers und die Störgeräusche bleiben im Hintergrund. Mit ist auch aufgefallen, das die Geräte Knallgeräusche sehr schnell unterdrücken. Ich hatte früher das Problem, dass die Hörgeräte zu langsam darauf reagierten.

Wie oft tragen Sie die Geräte?

Den ganzen Tag, von morgens bis abends, und zwar beide. Wenn ich die morgens nach dem Aufstehen mal vergessen habe, merke ich das sofort, weil ich das deutliche „Klack" beim Schließen der Badezimmertür nicht höre.

Wenn die Vögel wieder singen

Hark Bohm mit Hund vor seinem Haus in Hamburg-Othmarschen.

Der Schauspieler, Filmregisseur, Produzent und Professor für Filmkunst Hark Bohm hörte in der mongolischen Taiga dank seiner Hörsysteme zum ersten Mal in seinem Leben den Gesang seltener Vögel. 2004 sprach der leidenschaftliche Vogelforscher mit der Zeitschrift „Audio Infos". (Auszug)

Herr Bohm, sind das Ihre ersten Hörsysteme, die Sie jetzt tragen?

Bohm: Ja, ich hatte bisher keine Ahnung, das ich nicht mehr alles höre! Hätte ich das früher gewusst, dann hätte ich mir schon viel früher Hörgeräte anpassen lassen.

Wie haben Sie erfahren, dass Ihr Gehör nachgelassen hat?

Bohm: Das stellte sich erst heraus, als ich bei meiner Hals-Nasen-Ohren-Ärztin war und sie mir vorschlug, einen Hörtest zu machen. Sie zeigte mir das Audiogramm und da konnte man deutlich sehen, dass ich einen Hochton-Steilabfall habe.

Und davon hatten Sie nie zuvor etwas bemerkt?

Bohm: Nein, das muss sich ganz langsam über die Jahre verschlechtert haben, sodass mir das nicht aufgefallen ist. Ich bin mir nicht einmal sicher, ob das nicht schon in meiner Kindheit so war, denn ich kann mich überhaupt nicht erinnern, jemals gehört zu haben, wie der Wind durch ein Kornfeld streicht oder die Blätter der Bäume rascheln.

Und das alles können Sie jetzt wieder hören?

Bohm: Ja, ich bin begeistert, welche Geräusche ich wieder in der Natur wahrnehmen kann. Vor allem die Stimmen der Vögel! Ich bin in meiner Freizeit begeisterter Ornithologe und beobachte stundenlang seltene Vogelarten. Jetzt kann ich die Vögel nicht nur sehen, sondern auch singen hören, zum Beispiel das Wintergoldhähnchen und den Waldbaumläufer.

Sie sind schon öfter in der Wildnis gewesen, um seltene Vögel zu beobachten.....

Bohm: Ja, ich habe mit meinem Sohn David fünf Wochen lang zu Pferd die Taiga der Mongolei erkundet. Da habe ich auch meine beiden Hörsysteme ständig im Einsatz gehabt, bei jedem Wind und Wetter. Was ich da an Vogelstimmen gehört habe, war ein wirkliches Wunder für mich. Vor allen Dingen hörte ich Vögel, die ich noch gar nicht sehen konnte. Aber ich konnte sie mit den beiden Hörsystemen orten und dann mit meinem Fernglas aufspüren.

Gibt es auch andere Situationen, in denen die Geräte für Sie sehr wichtig sind?

Bohm: Ja, wenn ich im Studio bin und arbeite. Für einen Filmschaffenden ist nicht nur die Optik wichtig, sondern auch die Akustik. Die Sprache und Sprechweisen der Schauspieler, die Geräusche und die Musik, aber auch die unvermittelte Stille, das sind alles künstlerische Ausdrucksmittel, den Zuschauern bestimmte Stimmungen und Gefühle zu vermitteln. Das geschieht aber nur vorbewusst und deshalb wissen Laien meistens nicht, welch hohen Stellenwert die Tontechnik im Film hat. Die Kamera und das Bild scheinen wichtiger zu sein als das Mikrofon und der Ton. Aber das ist eine Täuschung.

Wie hören Sie jetzt Musik?

Bohm: Das erste Erlebnis hatte ich auch in dieser Beziehung in der Mongolei. In Ulan Bator hörte ich eine Volksmusikgruppe, die auf obertonreichen Saiteninstrumenten musizierte und dazu auf typisch mongolische Weise in sehr hohen Tönen nur mit dem Kehlkopf sang. Diese feinen Schwingungen habe ich früher nicht hören können.

Wie oft tragen Sie die Geräte?

Bohm: Den ganzen Tag, weil nur so die Hörzentren des Gehirns trainiert werden und sich neue Hörnervenzellen bilden können.

Besuch im Vatikan

Benedikt XVI. nimmt 2007 die Alexander-Graham-Bell-Medaille von einer Delegation des Forum Besser Hören und der Fördergemeinschaft Besser Hören in Empfang. (Von links: Benedikt VXI., Thomas Glaue, Inge Steinl, Rainer Schmidt)

Unter den Preisträgern der Alexander-Graham-Bell-Medaille ist auch Papst Benedikt XVI. Am 24. Januar 2007 erhielt er sie in Rom in Würdigung seines engagierten Eintretens für Menschen mit Hörminderungen.

Der Papst nahm die Auszeichnung von einer Delegation der „Fördergemeinschaft Gutes Hören" und des „Forum Besser Hören" während einer Generalaudienz im Vatikan persönlich entgegen und zeigte sich hocherfreut:

„Das passt ja wunderbar, denn wir befinden uns in der Gebetswoche für die Einheit der Christen. Sie steht unter dem Motto: Taube hören, Stumme sprechen."

„Wie bitte? Sie möchten eine Audienz beim Papst?" Kardinal Francesco Marchisano beantwortet Fragen der Presse.

Schon seit Jahrzehnten setzt sich Benedikt XVI. für die Belange von Menschen mit Hörminderungen ein. In der Verleihungsurkunde heißt es dazu: „Die Alexander-Graham-Bell-Medaille in Gold wird verliehen an Seine Heiligkeit Papst Benedikt XVI. in Anerkennung seines persönlichen Engagements wie auch dem der katholischen Kirche für die Überwindung von Hörproblemen - im eigentlichen und im übertragenen Sinn - und in Anerkennung der Förderung einer Kultur des gegenseitigen Zuhörens, Verstehens und des weltweiten Dialogs".

Gemeinsam vergaben die „Fördergemeinschaft Gutes Hören" und das „Forum Besser Hören" die mit 25.000 Euro dotierte Auszeichnung. Benedikt XVI. spendete die Summe dem Päpstlichen Rat „Cor unum" („Das eine Herz"). Dieser Rat, 1971 von Papst Paul VI. ins Leben gerufen, unterstützt humanitäre Hilfsaktionen und koordiniert die karitativen Tätigkeiten der katholischen Kirche weltweit.

Die deutsche Delegation wies auf die große Bedeutung des Hörens hin. Gutes Hören sei wichtig für das Zusammenleben mit anderen Menschen, gutes Hören beeinflusse den beruflichen Alltag, gutes Hören mache ein funktionierendes Miteinander überhaupt erst möglich. Auch Papst Benedikt XVI. hebt immer wieder hervor, wie wichtig es sei, sich gegenseitig verstehen zu können. Während der Übergabe der Medaille wünschte er: „Möge Christus unsere Ohren öffnen, und unsere Herzen!"

Er betonte, dass Gehörlosigkeit „einen Menschen weitgehend vom sozialen Leben abschneidet". Auf dem XX. Weltjugendtag 2005 in Köln wies er aber auch darauf hin, dass es „nicht nur eine physiologische Schwerhörigkeit gibt, sondern auch eine gegenüber dem Wort Gottes."

Die Welt soll hören!

Der Stifter der Stiftung, William F. Austin, inmitten von schwerhörigen Kindern in Malawi.

Seit 2000 hat die Starkey Hearing Foundation unter dem Motto "So the World May Hear" 310.000 schwerhörigen Kindern in Afrika, Asien, Süd- und Mittelamerika, im Nahen Osten, in Nordamerika und Europa kostenlos Hörgeräte angepasst. Es handelt sich dabei um Kinder, die sich so ein Gerät normalerweise nicht leisten können, es aber dringend benötigen.

Der Hörgerätehersteller und Gründer der Stiftung, William F. Austin, erklärt dazu:

„Es ist uns wichtig, den Kindern in aller Welt zu helfen, denn sie sind unsere Zukunft und die der Welt. Unser Beitrag ist etwas ganz Spezielles, etwas, dass diese Kinder nie vergessen werden. Unsere Belohung ist das Lachen in den Gesichtern der Kinder, denen wir helfen

Filmstar Leslie Nielsen vor der „Wall of Fame" in Minneapolis. Hinter ihm sieht man die Fotos prominenter Hörgeräteträger.

konnten, wieder zu hören. Wir leben durch das, was wir geben, und das, was durch die Gemeinschaft an Menschlichkeit zu uns zurückkommt."

Elton John und der Gründer der Stiftung William F. Austin.

1984 wurde die Stiftung nach der einfachen Einsicht gegründet: „Alleine bewegen wir nur wenig. Aber gemeinsam können wir die Welt verändern." Seine Vision fasste William Austin in die griffige Formel "So the World May Hear" und tausende Freiwillige und Sponsoren ließen sich von dieser Idee zur Mitarbeit animieren. Mehr als 50.000 Hörgeräte werden auf diese Weise jedes Jahr in aller Welt angepasst, wozu mindestens 100 kostspielige „Missionsreisen" erforderlich sind. Damit nicht genug, unterstützt die Stiftung auch die Förderung des öffentlichen Hörbewusstseins und die Forschung und Entwicklung auf dem Gebiet des Hörens und der Hörgeräte.

Zu den vielen Firmen, die "So the World May Hear" unterstützen, gehören unter anderem UPS, FedEx, Rayovac, Bacardi, Tiffany, American Airlines und Loctite. Zu den Prominenten, die sich für die Stiftung einsetzen, gehören Elton John, Jay Leno, Pat Boone, Goldie Hawn, Leslie Nielsen, Lou Ferrigno, Peter Graves und Mickey Rooney.

Fleißige Schüler – gute Aussichten

Die Akademie für Hörgeräteakustik und die Landesberufsschule für Hörgeräteakustik in Lübeck.

Kaum ein Berufsstand hat eine so professionelle und effektive Ausbildungsstätte wie die Hörgeräteakustiker. Die „Akademie für Hörgeräteakustik" und die mit ihr verbundene „Landesberufsschule für Hörgeräteakustik" in Lübeck ist die weltweit größte Einrichtung dieser Art im Bereich der Gesundheitshandwerke und genießt international einen sehr guten Ruf. Jährlich kommen Delegationen aus aller Welt, um sich die großzügige Anlage und ihre pädagogischen und technischen Möglichkeiten anzusehen. Seit ihrer Eröffnung 1973 wurden hier 10.000 junge Menschen ausgebildet und 2.000 Meisterprüfungen abgelegt, und jedes Jahr kommen 650 Berufsanfänger hinzu. 70 Gastdozenten und 25 Mitarbeiter der Akademie, sowie 50 Lehrkräfte der Landesberufsschule arbeiten in sieben Gebäuden mit insgesamt 72 Lehr- und Übungsräumen. Die „Akademie für Hörgeräteakustik" gehört zur „Bundesinnung der Hörgeräteakustiker" in Mainz und wird gefördert vom Bundesamt für Wirtschaft und Ausfuhrkontrolle, von den Schleswig-Holsteinischen Ministerien für Wissenschaft, Wirtschaft und Verkehr sowie Bildung und Frauen und vom Bundesinstitut für Berufsbildung. Und schließlich leisten viele Förderer und Freunde aus der Hörgeräteakustik und der Hörgeräteindustrie ständig finanzielle Beiträge zum Gelingen und Fortbestand dieser Einrichtung.

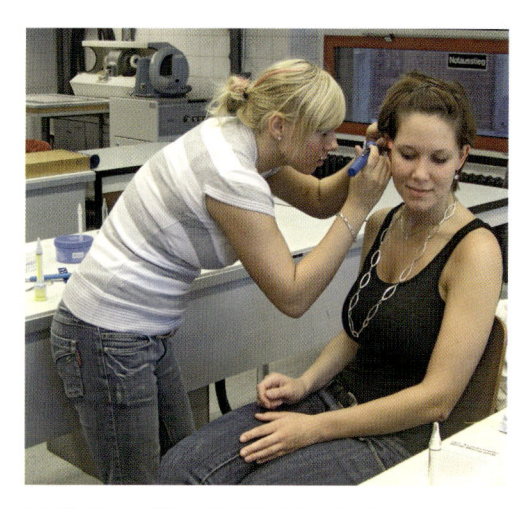

Der Beruf des Hörgeräteakustikers ist ein staatlich anerkanntes und geregeltes Gesundheitshandwerk. Die Ausbildung ist jedoch mehr als ein klassisches Handwerk, denn sie hat zugleich einen fachwissenschaftlichen

Schülerinnen üben die Ohrabdrucknahme.

und interdisziplinären Charakter. Die Lehrpläne umfassen die unterschiedlichsten Fachbereiche und Fachgebiete wie Medizin, Physik, Elektronik, Akustik, Audiologie, Psychologie, Informatik, Biologie, Soziologie, Gerontologie, Pädiatrie, Phoniatrie, Logopädie, Ökonomie und vieles mehr. Darüber hinaus spielt das Erlernen praktischer Tätigkeiten wie die vergleichende Hörgeräteanpassung, die Hörprüfung, die Anfertigung von Otoplastiken oder die Ausführung von Reparaturen eine große Rolle.

Während der dreijährigen dualen Berufsausbildung bis zur Gesellenprüfung erwerben die

Inspektion eines Gehörganges

Fleißige Schüler – gute Aussichten

Schülerin beim Fräsen einer Otoplastik

angehenden Hörgeräteakustiker nicht nur medizinische und technische Kenntnisse und bestimmte handwerkliche Fertigkeiten, sondern auch soziale und methodische Kompetenzen. Die Berufsaussichten für Hörgeräteakustiker sind deshalb sehr gut und die Lübecker Absolventen entsprechend gefragt. Bundesweit gibt es etwa 4.000 Fachbetriebe mit 10.000 Beschäftigten und 1.800 Auszubildenden. Nur wer diese Ausbildung absolviert hat, ist dazu befähigt und berechtigt, Hörsysteme anzupassen.

Viele der Berufsabsolventen investieren weitere drei Jahre bis zum Meisterbrief und einige legen darüber hinaus das Europa-Diplom ab. Mit diesem Diplom wird der deutsche Hörgeräteakustiker-Meister den Kollegen in vielen anderen Ländern, die einen Hochschulabschluss erworben haben, gleichstellt. Andere studieren im Anschluss an den Gesellen- oder Meisterbrief an der Fachhochschule Lübeck im Bereich Medizintechnik das Schwerpunktfach „Hörgerätetechnik". Wieder andere, die sich mehr in die wissenschaftliche als die praktische Richtung entwickeln wollen, studieren an der Fachhochschule Oldenburg das Fach „Hörtechnik und Audiologie". Der Abschluss ist der „Bachelor of Science" (B.Sc.)

10.000 Hörgeräteakustiker und über 2.000 Meister haben ihr Handwerk in Lübeck gelernt und sind jetzt in einem Beruf erfolgreich, in dem nahezu Vollbeschäftigung herrscht. Die Ausbildungsquote im Hörgeräteakustiker-

Im Hörsaal der Akademie für Hörgeräteakustik.

handwerk ist eine der höchsten in ganz Deutschland. Hörgeräteakustik-Betriebe haben eine Ausbildungsquote von ca. 20 Prozent und liegen somit deutlich über dem Bundesdurchschnitt von acht Prozent. Die enge Zusammenarbeit zwischen der Akademie, der bundesoffenen Landsberufsschule und der Fachhochschule Lübeck ist beispielhaft für eine moderne Lernortkooperation. Alle drei Institutionen liegen im Lübecker Hochschul-Stadtteil St. Jürgens auf demselben Gelände, in direkter Nachbarschaft zur Medizinischen Hochschule Lübeck, mit der man ebenfalls kooperiert. Dieses einmalige Ensemble wird deshalb auch „Campus Acusticus" genannt.

Stifte, Treiber und Elektroden

Ein knochenverankertes Gerät, hinter dem Ohr getragen. Bei etwas längerem Haar fällt das farblich abgestimmte Gerät kaum noch auf.

Knochenverankerte Hörgeräte

Den meisten Menschen mit Hörschwächen kann mit modernen Hörsystemen gut geholfen werden. Wenn der Hörverlust jedoch zu ausgeprägt ist, kommen sie an ihre Grenzen. Das ist zum Beispiel dann der Fall, wenn die feinen Gehörknöchelchen des Mittelohrs die Schwingungen des Schalls nicht weiterleiten können, weil sie verkalkt, missgebildet oder nicht vorhanden sind. Das trifft auf höchstens ein Prozent der Hörgeschädigten zu und ist damit sehr selten. Während das normale Hörgerät Schall aufbereitet, verstärkt und dann mit einem dünnen Schlauch dem Trommelfell des Betreffenden zuführt, versetzt das knochenverankerte Hörimplantat den Schädelknochen hinter dem Ohr durch feine Vibrationen in Schwingungen, die bis zum Innenohr reichen, dort wahrgenommen werden und zu ausreichend gutem Hören und Sprachverstehen führen. Das knochenverankerte Hörgerät, das auf Ideen von Albert Einstein aus den frühen 1930iger Jahren zurückgeht und erstmals 1977 von Anders Tjellström in Schweden zu einem marktfähigen Produkt gemacht worden ist, umgeht so das geschädigte Mittelohr und wird darum auch „akustischer Bypass" genannt. Es unterscheidet sich von den Knochenleitungsbrillen, wie sie im Kapitel „Hören mit Umleitung" beschrieben wurden, nur dadurch, dass es den Schädelknochen nicht durch Andrücken eines Vibrators zu Schwingungen anregt, sondern durch einen implantierten Metallstift, der mit einem Vibrator verbunden ist.

Die Implantation des Stiftes ist relativ gefahrlos und kann zum Teil sogar ambulant und unter örtlicher Betäubung durchgeführt werden. Das Prinzip der Knochenverankerung ist effektiver als das der Knochenleitungsbrille, die nicht immer genügend Druck auf den Knochen hinter dem Ohr ausüben kann. Bevor das knochenverankerte Hörgerät zum Einsatz kommt, wird von einem HNO-Spezialisten sorgfältig geprüft, ob das Mittelohr durch eine Operation wieder funktionsfähig gemacht werden kann. Dann würde man auf ein kno-

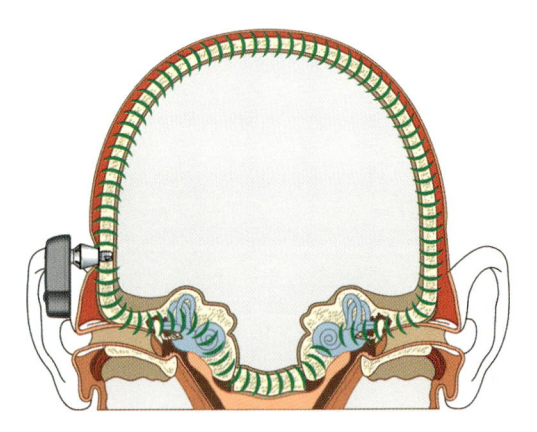

Das knochenverankerte Gerät (links am Kopf) überträgt seine Schwingungen auf den ganzen Schädel. Man kann dann auf beiden Ohren hören.

chenverankertes Hörgerät verzichten können. Die Voraussetzung ist in beiden Fällen jedoch, dass das Innenohr noch gut funktioniert.

Mittelohrimplantate

Noch direkter und effektiver als die Knochenleitungsbrille und das knochenverankerte Hörgerät ist das Mittelohrimplantat, das 1983 erstmals in Japan erprobt wurde und in den letzten Jahren in der Presse oft als Sensation gepriesen wurde. Ein Modell wird sogar vollständig implantiert, sodass absolut nichts mehr sichtbar ist. Damit kann man duschen und schwimmen gehen. Auch dieses Gerät arbeitet mit Schwingungen, die in diesem Fall aber nicht von außen hinter dem Ohr ansetzen, sondern direkt im Mittelohr an einem geeigneten Platz an den Gehörknöchelchen. Eine lange dünne Nadel, durch einen Wandler

Stifte, Treiber und Elektroden

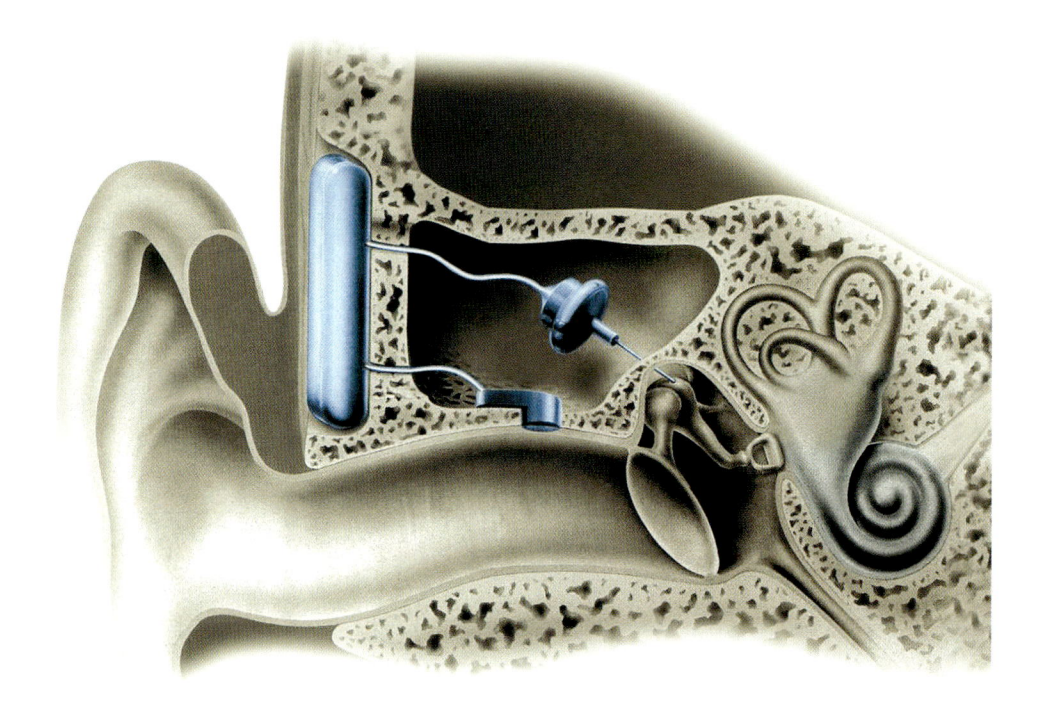

An diesem Modell eines Mittelohrimplantats kann man sehen, dass der Schall durch ein Mikrofon im Gehörgang aufgenommen wird und die elektrisch verstärkten Schwingungen durch einen Treiber und einen dünnen Stift auf den Amboss im Mittelohr übertragen werden.

oder Treiber in Schwingungen gebracht, drückt dabei zum Beispiel auf eine bestimmte Stelle des Steigbügels, kurz vor dem „Fenster" zum Innenohr. Wegen der hohen Kosten der Geräte und des erforderlichen chirurgischen Eingriffs entscheiden sich aber nur sehr wenige Menschen dafür. Auch konnte das Verhältnis von Aufwand und Nutzen bis heute nicht überzeugend dargestellt werden. Bei leichten bis mittleren Hörverlusten helfen konventionelle Hörsysteme mindestens ebenso gut und bei hochgradigen Hörverlusten sind Mittelohrimplantate nicht geeignet.

Implantate für das Innenohr, den Hirnstamm und das Mittelhirn

Eine ganz andere Technologie sind die Innenohrimplantate. Bei ihnen geht es nicht um Schwingungen, die auf den Schädelknochen oder die Gehörknöchelchen übertragen werden, sondern um elektrische Ströme, die den Hörnerven des Innenohrs anregen. Das wird dann empfohlen, wenn jemand gehörlos ist, also die Haarsinneszellen seines Innenohrs hochgradig defekt oder nicht vorhanden sind und diese infolgedessen keine bioelektrischen Reize produzieren und an den Hörnerven weiterleiten können. Konventionelle Hörgeräte, Knochenleitungshörgeräte und Mittelohrimplantate nutzen in diesen Fällen nichts und es bleiben als Möglichkeit nur die Innenohrimplantate. Auch sie nehmen den Schall auf, bearbeiten und verstärken ihn, geben ihn aber nicht in Form von Schall oder Vibrationen ab, sondern als elektrische Impulse. Dazu wird eine hauchfeine Elektrodenkette in die Innenohrschnecke eingeführt, die den Hörnerv direkt stimuliert. Äußerlich ähneln die Geräte den Hinter-dem-Ohr-Geräten und niemand käme auf die Idee, dass es sich um ein Implantat handelt, solange die externe Sendespule unter dem Haar verborgen werden kann.

Innenohrimplantate sind ein Wunderwerk der Technik, denn vollständig gehörlose Menschen können damit Sprache erlernen und sogar wieder telefonieren. Damit aber Sprache

Dieses fast gehörlose Mädchen kann mit einem Cochlea-Implantat wieder hören und verstehen und eine fast normale Sprachentwicklung durchlaufen.

nicht erst im Erwachsenenalter unter großen Mühen erlernt werden muss, werden die Geräte schon bei Kleinkindern unter 2 Jahren implantiert, so dass sie eine relativ normale Sprachentwicklung durchlaufen können. Je früher ein gehörloses Kind akustischen Reizen ausgesetzt wird und sie zu verarbeiten lernt, desto besser ist das für seine spätere Sprachentwicklung und die Reifung der Hörbahnen seines Gehirns. Aus diesem Grund werden heute schon Säuglinge, lange bevor

Stifte, Treiber und Elektroden

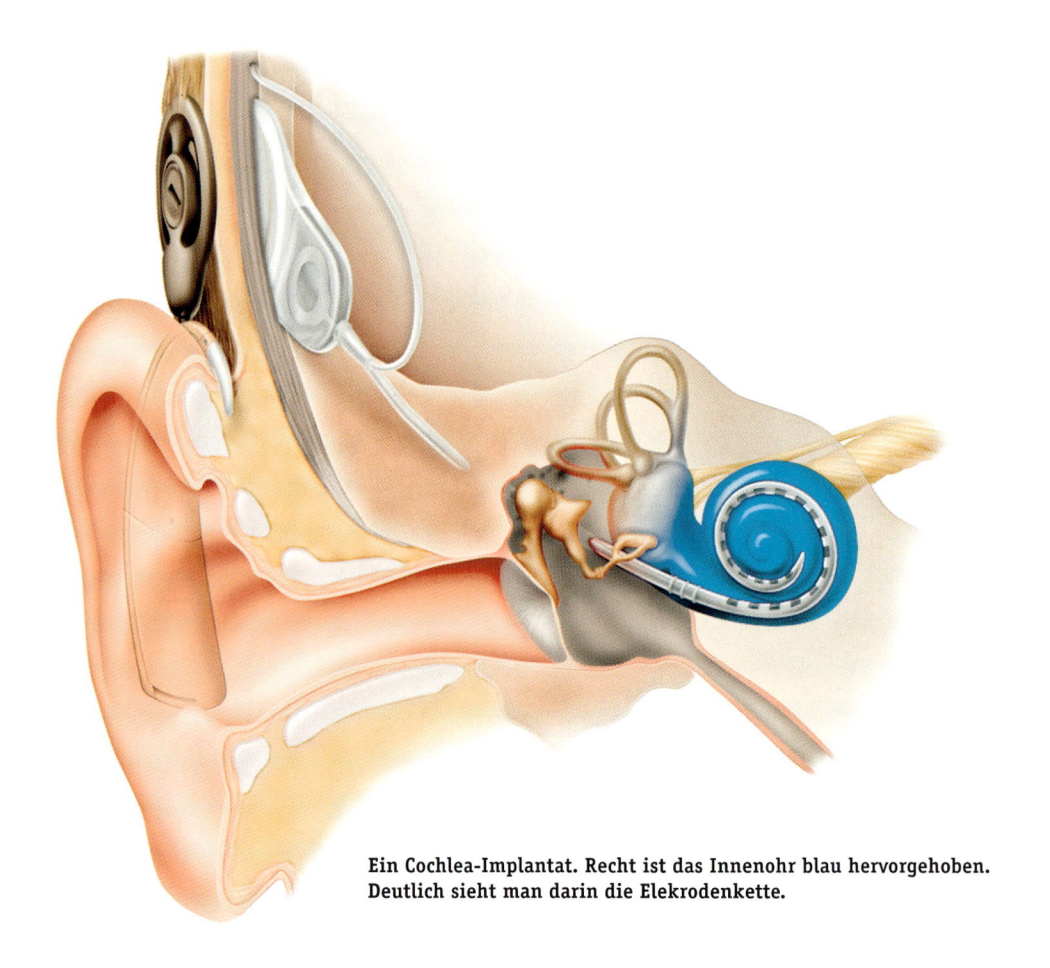

Ein Cochlea-Implantat. Recht ist das Innenohr blau hervorgehoben. Deutlich sieht man darin die Elekrodenkette.

man ihnen erstmals ein Implantat einsetzen kann, mit Hörgeräten versorgt.

Innenohrimplantate können selbst in den Fällen, wo der Hörnerv zerstört ist oder von Geburt an kein Innenohr vorhanden ist, noch zum Einsatz kommen. Es wird dann jedoch keine Elektrodenkette benutzt, sondern eine Oberflächenelektrode, die auf den Hörnervenkern des Hirnstamms aufgelegt wird, der die empfangenen Reize über verschiedene Zwischenstationen zu den Hörzentren des Großhirns weiterleitet. Auch die Träger eines solchen Hirnstammimplantats können noch Sprache erlernen, wenn auch nur bei gleichzeitigem Lippenablesen. Auch Geräusche können wahrgenommen werden und in einem Fall konnte der Träger des Implantats sogar telefonieren.

Auf dem Gebiet der Hörimplantate hat sich vor allem Deutschland hervorgetan. Zum ersten Mal wurde ein Innenohrimplantat zwar schon 1957 von zwei Ohrenärzten in Paris erprobt, das die Innenohrschnecke aber nur äußerlich mit mäßigem Erfolg stimulieren konnte. Den eigentlichen Durchbruch schaffte erst Prof. Ernst Lehnhardt 1984 in Hannover, der eine leistungsfähige Kette mit 22 Elektroden direkt in die Schneckenwindung einführen konnte.

Das Hirnstammimplantat kam erstmals 1979 in Los Angeles zum Einsatz, aber es hatte nur drei Elektroden. Erst die Professoren Roland Laszig und Wolf-Peter Sollmann konnten 1992 einem Patienten in Braunschweig das weltweit erste Hirnstamm-Implantat mit 22 Elektroden einsetzen. Derzeit wird an der Entwicklung einer stiftförmigen Elektrode für das Mittelhirn gearbeitet, wovon man sich eine noch genauere Stimulation an einem höheren Abschnitt der Hörbahn erhofft. Das Implantat wird dann Mittelhirnimplantat heißen.

Selbst gehörlose Kleinkinder werden heute schon mit Cochlea-Implantaten versorgt, damit die Hörbahnen des Gehirns reifen können.

Das Mittelohrimplantat war zwar eine amerikanische Erfindung von 1971, aber es war der deutsche Professor Hans-Peter Zenner aus Tübingen, der 1989 erstmals erfolgreich eines einsetzte, das zudem in Deutschland entwickelt worden war. Heute gibt es mehrere Hersteller, die sich auf Hörimplantate spezialisiert haben. Der Markt dafür ist naturgemäß sehr klein und nicht einmal ein halbes Prozent aller Hörhilfen sind Implantate.

Die Zukunft hat zwei Ohren

Ein Beratungsgespräch beim Hörgeräteakustiker. Vier von fünf Kunden entscheiden sich für zwei Geräte.

Mit zwei Hörsystemen kann man besser hören als mit einem. Die Natur hat uns nicht umsonst zwei Ohren mitgegeben und beide benötigen ein wenig technische Unterstützung, wenn ihre Leistung nachlässt. Doch lässt sich das noch steigern? Kann man mit zwei „binaural" angepassten Hörsystemen vielleicht noch besser und genauer hören als mit zwei ganz normal angepassten? Auch bei einer bilateralen (beidseitigen) Anpassung trägt jemand zwei Hörsysteme, jedoch nur bei einer binauralen (beidohrigen) Anpassung „wissen" die Geräte voneinander und stimmen sich miteinander ab, damit ein möglichst guter akustischer Gesamteindruck und Hörerfolg entsteht. Eins und eins ist dabei einfach mehr als zwei. Das nennt man einen „Synergieffekt".

Es gibt eine wissenschaftliche Studie aus dem Jahr 2008, die zu dem Ergebnis, kommt, dass zwei miteinander kommunizierende Hörsysteme ein enormes Plus an Hörqualität bieten. Dazu tragen neue technische Entwicklungen bei, die die Sprachverständlichkeit im Lärm und das räumliche Hören verbessern – bislang eine der größten Herausforderungen für Hörsysteme überhaupt. Ziel der Studie war es deshalb, die Hörqualität einer gewöhnlichen bilateralen Anpassung mit der einer „kommunizierenden" binauralen Anpassung zu vergleichen. Untersucht wurden unter anderem die Spontanakzeptanz der Geräte durch die Testpersonen, die Sprachverständlichkeit in komplexen akustischen Bedingungen, die Klangqualität und die Lokalisationsfähigkeit der Schallquellen.

Den zweiten Untersuchungsbereich bildete das räumliche Hören. Hierzu beantworteten die Testpersonen einen Fragenbogen, der Aufschluss über die individuellen Hörfähigkeiten in komplexen und dynamischen Alltagssituationen geben sollte, also die Frage, ob die Teilnehmer die Richtung von Klängen erkennen und Entfernungen korrekt abschätzen können. Die Ergebnisse der Studie zeigten, dass sich die binaural getesteten Probanden sehr viel besser akustisch zu orientieren vermochten als diejenigen, die mit bilateralen, also

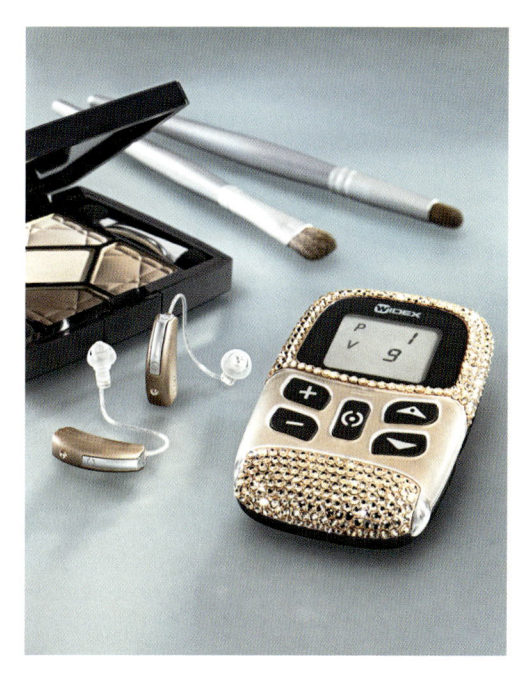

Zwei moderne Hörsysteme mit externen Hörern für den Gehörgang. Daneben liegt die passende Fernbedienung.

nicht kommunizierenden Vergleichsgeräten, getestet wurden. Die überwiegende Mehrheit der Testpersonen zeigte deutliche Verbesserungen des Hörvermögens mit einer binauralen Lösung und 86% von ihnen entschieden sich nach Abschluss der Studie dafür. Als wichtigsten Grund für diesen Schritt nannten sie eine verbesserte Klangqualität. Ihre wichtigsten diesbezüglichen Eindrücke umschrieben sie mit Begriffen wie „offen, natürlich, voll, klar, komfortabel". Als zweithäufigste Begründung nannten sie eine verbesserte Sprachverständlichkeit, auch und gerade in akustisch komplexen Situationen wie Familienfeiern oder Gesprächen auf der Straße.

Im Kern bestätigt die Studie die Vorteile der

Die Zukunft hat zwei Ohren

binauralen Technologie gegenüber der bilateralen. Aber sie bestätigt auch die verbesserten Klangeigenschaften, die ein verbessertes Richtungshören mit sich bringt. Klänge, Geräusche oder Stimmen, die von unterschiedlichen Richtungen auf den Zuhörer treffen, konnten bislang von herkömmlichen Geräten nur unzureichend erkannt werden. Neuere Geräte hingegen erzielen feinere Klangergebnisse. Sie interagieren zwischen beiden Kopfhälften und bearbeiten die Signale für beide Ohren gemeinsam. Dadurch ist es dem System möglich, natürliche Unterschiede, wie sie aus Zeitverzögerungen und Lautstärkedifferenzen resultieren, zu bewahren. Wenn eine Schallwelle zum Beispiel im Winkel von 90° auf das rechte Ohr trifft, kommt sie mit einer zeitlichen Verzögerung und in geringerer Lautstärke am linken Ohr an. Das kann eine binaurale Anpassung von Hörsystemen berücksichtigen, eine bilaterale jedoch nicht.

Binaural anpassbare Geräte messen die eingehenden Signale, tauschen große Mengen an Daten zwischen beiden Geräten aus, berechnen die Daten neu und passen sie an die akustischen Raumverhältnisse an. Dadurch sind sie in der Lage, akustische Situationen genauer zu erfassen. Einige Geräte können diese Daten neu berechnen und in Klangauflösungen überführen, die Zeitverzögerungen und Lautstärkedifferenzen zwischen beiden Ohren berücksichtigen. Dazu ist eine enorme Speicherkapazität notwendig. Selbstverständlich geschieht die Zusammenarbeit zwischen dem linken und rechten Hörsystem drahtlos. Heute haben alle binauralen Hörsysteme grundsätzlich die Fähigkeit, Daten per Funk auszutauschen. Ein Kabel dazwischen gibt es nicht.

Der Mensch hat zwei Ohren. Dieser einfachen Erkenntnis haben sich die modernen Hörsystemtechnologien angepasst und ebenso die Wünsche der Hörgeminderten. Zwei Drittel aller Benutzer von Hörsystemen entscheiden sich heute für zwei Geräte und immer mehr von ihnen für die binaurale Variante.

Der Hörgarten und das Haus des Hörens

Wissenschaftler vor dem „Haus des Hörens" in Oldenburg. Davor steht ein Doppelhörrohr, mit dem man tatsächlich hören kann.

Der Oldenburger Hörgarten ist nicht nur ein interessantes Ausflugsziel, er ist ein weltweit einmaliger Lehrgarten für die Themen Hören und Akustik. „Hier sind zahlreiche akustische Experimente und Exponate zu erleben", so Professor Birger Kollmeier, wissenschaftlicher Leiter des Hörzentrums in Oldenburg, Sprecher des Kompetenzzentrums HörTech und Initiator des Hörgartens. „Wir haben einen Erlebnispark geschaffen, der Kindern und Erwachsenen den sinnlichen Zugang zum Thema Hören und zu den Arbeitsbereichen der Oldenburger Hörforschung ermöglicht."

Bereits vor Jahren errichteten die Hörforscher vor ihrem Domizil in der Marie-Curie-Straße einen Aufsehen erregenden Hörthron, eine physikalische Apparatur, mit der das akustisch verstärkte Richtungshören mit beiden Ohren erlebt werden kann und die sich großer Beliebtheit erfreut.

Der Hörgarten und das Haus des Hörens

Auch sonst kann man im Hörgarten viel erleben, so die Helmholtz-Resonatoren, welche die Frequenzauflösung im Innenohr hörbar machen, und eine Flüstergalerie, mit der die gezielte Wahrnehmung von Schall über weite Entfernungen hinweg ermöglicht wird. Weitere Höhepunkt des Gartens sind eine akustische Kanone, mit deren Hilfe man Schall scheinbar unsichtbar an fast jeder beliebigen Stelle entstehen lassen kann, eine Windharfe, eine Mittelohrpauke, ein beidohrig erlebbarer Teich und ein mechanisches Ohr-Modell. Die meisten akustischen Apparaturen wurden in der feinmechanischen Werkstatt der Universität gebaut.

Bei der Realisation des Hörgartens hat der Architekt eng mit den Forschern der international renommierten Oldenburger Hörforschung zusammengearbeitet. Der Garten, dessen Exponate zukünftig auch Gegenstand wissenschaftlicher Untersuchungen sein werden,

Professor Birger Kollmeier erläutert im Oldenburger Hörgarten anhands eines Modells die Funktionsweise des Innenohres.

Im Hörgarten gibt es viele Objekte, an denen man lauschen kann.

wurde mit Unterstützung zahlreicher Sponsoren geschaffen. Während der Einweihung wurde der Hörgarten im Rahmen der Initiative „Deutschland – Land der Ideen" als einer von 365 Orten geehrt. Vertreter der bundesweiten Initiative, die unter der Schirmherrschaft des Bundespräsidenten Horst Köhler steht, überreichten den Oldenburger Hörforschern eine Ehrentafel.

„Mit unserem akustischen Themenpark wollen wir zur Entwicklung des Hörbewusstseins beitragen und unsere Aufklärungsarbeit in Sachen gutes Hören kontinuierlich fortsetzen", sagt Prof. Birger Kollmeier. Seit zehn Jahren besteht das Oldenburger Hörzentrum schon, das sich seit seiner Gründung zu einem international renommierten Hightech-Dienstleistungszentrum auf dem Gebiet der angewandten Hörforschung entwickelt hat. Stephan Albani, Geschäftsführer der Hörzentrum Oldenburg GmbH, erläutert dazu: „Bei uns arbeiten Spezialisten aus den Bereichen HNO-Heilkunde, Phoniatrie, Pädaudiologie, Psychologie, Physik und Hörgeräteakustik erfolgreich zusammen. Ob angewandte audiologische Forschung oder Betreuung hörgeschädigter Patienten, ob Hörgeräte-Tests im Auftrag der Industrie oder attraktive Schulungsangebote für die Hör-Berufe, die verschiedenen Leistungen unseres interdisziplinären Teams stehen alle hoch im Kurs."

Darüber hinaus gilt das Hörzentrum als kompetenter Partner für hörgeschädigte Menschen, für die es regelmäßig stattfindende Diagnostik-Sprechstunden und verkaufsunabhängige Hörgeräte-Beratungen anbietet. Ein weiterer Arbeitsschwerpunkt des Zentrums, das mit seinem 2002 eingeweihten „Haus des Hörens" ein gemeinsames Domizil für alle Institutionen der Oldenburger Hörforschung geschaffen hat, ist die Erforschung psychoakustischer Wirkungen.

Hör' die Welt!

Die Wiener Philharmoniker setzen sich für die Initiative „Hear the World" ein. Ihnen folgten viele Stars aus Klassik und Pop-Musik.

Hear the World ist eine weltweite Initiative von Phonak, einem Schweizer Hersteller von Hörsystemen. Die Initiative soll die Aufmerksamkeit für unseren Hörsinn fördern und auf die Gefahr seiner Schädigung durch Lärm und andere Einflüsse hinweisen. Schon 16 Prozent der Weltbevölkerung sind davon betroffen, in den Industrieländern sind es sogar doppelt so viel. Im Rahmen der Initiative hat Phonak die gemeinnützige *Hear the World Foundation* gegründet, um die Lebensqualität von Personen mit Hörverlust durch die Bereitstellung von finanziellen Mitteln und Hörsystemen zu verbessern. Die Stiftung engagiert sich sowohl in der Prävention als auch in der Unterstützung der von Hörminderung Betroffenen und deren Familien.

Für diesen guten Zweck ließen sich insgesamt über 35 internationale Stars unentgeltlich als

Botschafter für bewusstes Hören gewinnen, darunter Plácido Domingo, Billy Idol, Annie Lennox, Peter Gabriel, Harry Belafonte und Rod Stewart. Alle ließen sich vom kanadischen Rock-Star und international renommierten Fotografen Bryan Adams für die Initiative mit der Hand hinterm Ohr ablichten. Das Ergebnis seiner Arbeiten konnte man in Ausstellungen in New York, London, Berlin und Zürich besichtigen.

Dem Kuratorium der *Hear the World Foundation* gehören neben Plácido Domingo auch der Nobelpreisträger Heinrich Rohrer sowie der international bekannte Pädaudiologe Professor Richard Seewald an.

Die Stiftung unterstützt viele soziale Projekte, zum Beispiel eine reformpädagogische Schule im südafrikanischen Pretoria, in deren Unterrichtskonzept auch Kinder mit Hörverlust einbezogen sind. Sie stellt dafür auch die Hörsysteme und die drahtlosen Übertragungsanlagen bereit. Über Stipendien haben Lehrer aus Europa und den USA die Möglichkeit, die Schule zu besuchen und deren Unterrichtsmethode kennen zu lernen.

Der Gründer der Initiative, Dr. Valentin Chapero, mit dem Star-Fotografen und Rock-Musiker Bryan Adams.

Ein anderes Beispiel für die Tätigkeit der Stiftung ist das Behandlungszentrum im „Cargo Human Care Medical Centre" in Nairobi in Kenia. Es ist mit zwei Sprechzimmern ausgestattet, in denen deutsche Fachärzte für HNO-Heilkunde Hörtests und medizinische Behandlungen durchführen. Im Einzugsgebiet des Medical Centre leben mehr als 10.000 Menschen, die sonst ohne ärztliche Versorgung wären. Möglich wird die Arbeit des Zentrums

Hör' die Welt!

Star-Tenor Placido Domingo

Calypso-König Harry Belafonte

außer durch Spendengelder auch durch das unentgeltliche Engagement der deutschen HNO-Ärzte und die Bereitstellung kostenfreier Flüge durch die Lufthansa Cargo. Dreimal pro Monat fliegt jeweils ein Team bestehend aus zwei Ärzten für einen Behandlungszeitraum von drei bis vier Tagen nach Nairobi.

Die Hear the World Foundation arbeitet dort mit der Cargo Human Care zusammen, die als humanitäres Hilfsprojekt von der Lufthansa Cargo in Zusammenarbeit mit deutschen Ärzten ins Leben gerufen wurde. Der Schwerpunkt der Cargo Human Care liegt auf der direkten Hilfestellung und Unterstützung der bedürftigen Menschen im Großraum Nairobi.

Rock-Star und Fotograf Bryan Adams vor seinen Aufnahmen von Soul-Diva Dionne Warwick und Rolling Stone Mick Jagger, die Hear the World ebenfalls unterstützen.

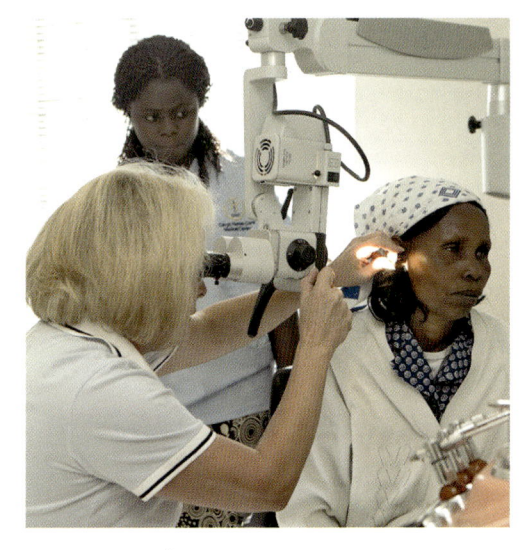

Deutsche HNO-Ärzte untersuchen Einheimische unentgeltlich auf eventuelle Erkrankungen des Ohres.

Ein kleines kenianisches Mädchen erhielt kostenlos ein Hörgerät.

Ausgezeichnet!

Hamburg 2007: Reinhold Beckmann mit Hartmut Engler, der gerade für die Gruppe PUR den HELIX Hörerlebnispreis entgegen nimmt.

Immer mehr Prominente setzen sich für den Gedanken des guten Hörens und Zuhörens ein, ohne selbst von Hörproblemen betroffen zu sein. Dafür wurden einige von ihnen mit dem „Hörerlebnispreis" in Form einer goldenen Figur, deren Name „Helix" aus der Anatomie des äußeren Ohres entlehnt ist, und einem Preisgeld in Höhe von 10.000 Euro zugunsten eines guten Zwecks ausgezeichnet. Das „Forum Gutes Hören" erläutert den Sinn des Preises:

„Mit der jährlichen Verleihung des Hörerlebnispreises wollen wir die Öffentlichkeit für einen bewussten Umgang mit dem Hörsinn gewinnen und auf die Kostbarkeit guten Hörens aufmerksam machen. Ausgezeichnet

2008: Roger Cicero

2003: Mario Adorf

werden herausragende Persönlichkeiten des Kulturlebens, die außergewöhnliche Hörerlebnisse geschaffen haben und mit ihrem Werk dazu beitragen, einem breiten Publikum den Wert des Hörens zu vermitteln."

Der Preis wurde bisher verliehen an: Udo Jürgens (2002), Mario Adorf (2003), Anna Maria Kaufmann (2004), Iris Berben (2005), Xavier Naidoo (2006), Hartmut Engler und die Popgruppe „Pur" (2007) und Roger Cicero (2008).

Einem ähnlichen Zweck diente der bis 2007 verliehene „Goldene Akustikus". Er wurde von der „Fördergemeinschaft Gutes Hören" für besondere Verdienste um die Förderung des Hörbewusstseins verliehen. Das Preisgeld betrug ebenfalls 10.000 Euro für einen guten Zweck, den der Empfänger des Preises bestimmen konnte. Die Preisträger waren Peter Maffay (2001), Rufus Beck (2004), Gunther Emmerlich (2005), Gitte Haenning (2006) und Emil Steinberger (2007).

Und schließlich ist die schon erwähnte „Alex-

Ausgezeichnet!

ander-Graham-Bell-Medaille" zu erwähnen. Sie wurde für herausragende politische, wissenschaftliche und andere Verdienste im Zusammenhang mit der Förderung des Hörbewusstseins von der „Fördergemeinschaft Gutes Hören" und dem „Forum Besser Hören" gemeinsam verliehen. Das Preisgeld betrug 25.000 Euro für einen guten Zweck, den der Empfänger des Preises ebenfalls selbst bestimmen konnte. Ausgezeichnet wurden: Dr. Werner Pistor (1975), Prof. Dr. Horst Ludwig Wullstein (1976), Hugh S. Knowles (1978), Prof. Dr. Karl-Heinz Hahlbrock (1980), Kurt Erich Döll (1982), US-Präsident Ronald Reagan (1988), Königin Silvia von Schweden (1991), Rudi Carrell (1997), Papst Benedikt XVI. (2006) und Kurt Masur (2008). Seit 2008 wird nur noch ein Preis verliehen, der „Helix", und zwar vom „Forum Gutes Hören", das die „Fördergemeinschaft Gutes Hören" und das „Forum Besser Hören" abgelöst hat.

Nicht nur verdiente Prominente werden von der Hörgerätebranche ausgezeichnet, sondern auch Wissenschaftler, Journalisten und Fotografen. So wurde der Förderpreis der Forschungsgemeinschaft Deutscher Hörgeräteakustiker bereits 21 Mal vergeben.

Gitte Haenning bedankt sich 2006 in München für den „Goldenen Akustikus" mit einem Lied.

2002: HELIX-Preisträger Udo Jürgens im Gespräch mit der Presse.

2005: Iris Berben bedankt sich in Berlin für den HELIX Preis.

2005: Gunther Emmerlich empfängt den Goldenen Akustikus aus den Händen des Hörgeräteakustikers Werner Köttgen.

2008: Kurt Masur erhält die Alexander-Graham-Bell-Medaille. (Von links: Torben Lindø, Nadja Michael, Dr. Christina Beste, Kurt Masur).

Hören auf der Bühne

Stevie Wonder mit seinem Monitor im Ohr.

Es war Stevie Wonder, der als einer der ersten Pop-Musiker Im-Ohr-Monitore auf der Bühne benutzte. Der Grund war nicht, weil er schlecht hören kann, sondern weil er blind ist. Er konnte nämlich die Kontrolllautsprecher am Bühnenrand nicht sehen, die damals üblich waren, damit die Musiker auf der Bühne hören konnten, wie ihre verschiedenen elektrischen Instrumente zusammenspielten, ob sich der Gesang hörbar und verständlich einfügte und welchen akustischen Gesamteindruck das Publikum davon hatte. Diese Lautsprecher musste man buchstäblich im Auge behalten können, damit man die gewünschte Kontrolle hatte. Die hatte der blinde Soul-Star aber nicht. Die riesigen Lautsprecher, die sich links und rechts von der Bühne befanden, waren dafür nicht geeignet, weil sie den Schall – vor allem die hohen Töne - nur in Richtung des Publikums abstrahlten, aber nicht zur Bühne.

Dort hörte man ohne die Kontrolllautsprecher nur ein lautes dumpfes Wummern.

Stevie Wonder konnte das Geschehen auf der Bühne mithilfe seiner Im-Ohr-Monitore sogar besser verfolgen als seine Kollegen, weil es keine Rolle spielte, in welcher Richtung er gerade seine Kopf gedreht hatte, ob er stand oder am Keyboard saß oder ob er gerade nach oben oder unten schaute. Er hatte immer die perfekte Kontrolle darüber, welchen Klangeindruck das Publikum gerade hatte. Hinzu kam, dass Instrumente und Gesang nicht im Lärm der Massen und dem Dröhnen der gewaltigen Lautsprecher untergehen konnten, weil die beiden Im-Ohr-Monitore ihren Ton immer direkt vom Tontechniker bekamen. Und ganz nebenbei schützten die Monitore Wonders Gehör, denn sie verschlossen seinen Gehörgang nach außen und schützten ihn vor zu großem Lärm.

Der Schutz des Gehörs wird im Show-Geschäft immer wichtiger und er ist einer der Gründe, warum immer mehr Stars auf der Bühne Im-Ohr-Monitore tragen. Man erkennt das meistens an den Kabeln, die nach hinten zum Rücken unter die Kleidung führen, wo sich ein

Robbie Williams während eines Auftritts in der ZDF-Sendung „Wetten dass...."

kleiner Funkempfänger befindet. Die Moderatoren im Fernsehen haben auch Monitore im Ohr, allerdings nur auf einer Seite, weil es hier nur um diskrete Regiehinweise und die Einspielungen von Korrespondenten geht und nicht um eine ausgefeilte Soundmischung. Das andere Ohr muss frei bleiben, um sich mit den Studiogästen unterhalten zu können.

Es gibt auch Künstler, die wissen möchten, welche Stimmung im Publikum herrscht und die deshalb nur einen Monitor tragen, damit das andere Ohr frei bleibt und die Zurufe der Zuschauer gehört werden können. Andere lö-

Hören auf der Bühne

B.B. King versucht zu hören, was ihm das Publikum zuruft. Ältere Stars können sich nicht mehr an Monitore gewöhnen. Auch einen Gehörschutz hat er nie benutzt.

häuse werden ein oder zwei kleine Lautsprecher sowie Filtersysteme und Regler eingebaut, je nachdem, welche Eigenschaften die Monitore für die jeweiligen Künstler haben sollen. Gehörschutzplastiken werden im Prinzip genauso hergestellt. Auch sie haben akustische Filter, jedoch keine Elektronik.

sen das Problem durch Außenmikrofone im Zuschauerraum, mit deren Hilfe sie den Lärm der Fans auf die Monitore zugespielt bekommen, wieder andere lassen sich Filter einbauen, die einen genau berechneten Teil des Lärms von außen durchlassen.

Im-Ohr-Monitore werden von Hörgeräteakustikern in Zusammenarbeit mit Spezial-Laboren nach den individuellen Ohr-Abdrücken der Künstler einzeln angefertigt. In die Ge-

Oben: Zwei individuelle Gehörschutzplastiken, die rote für rechts, die blaue für links. Unten: Zwei individuelle Im-Ohr-Monitore, angefertigt für den Rock-Star Edward van Halen.

Hörtest – ganz mobil

Dieses Foto von Stephanie Nolte gewann den Fotowettbewerb 2008 des Forum Gutes Hören. Es zeigt, was Schalldruck bedeuten kann.

Immer öfter kann man auf Märkten und Plätzen große Wagen stehen sehen, die Passanten zu einem kostenlosen Hörtest einladen. Meistens werden die Einsätze dieser fahrbaren Hörstudios vom Forum Gutes Hören finanziert, oft auch von ortsansässigen Hörgeräteakustikern oder Herstellern. So ein Test dauert nur wenige Minuten und verpflichtet zu gar nichts. Von diesem Angebot sollte man unbedingt Gebrauch machen, denn das eigene Hörvermögen geprüft zu bekommen und das Ergebnis schwarz auf weiß in den eigenen Händen zu halten, ist immer ein interessantes Erlebnis. Auch wer davon überzeugt ist, noch gut zu hören, wird sich wundern, wie sein Gehör bereits nachgelassen hat. Man bemerkt das in der Regel lange Zeit nicht, weil sich dieser Prozess über viele Jahre erstreckt und der Verlust des Hörvermögens nur sehr langsam voranschreitet und zunächst nur die hohen Töne betrifft. Erst in den mittleren Lebensjahren, wenn man in bestimmten Situationen, wie zum Beispiel im Restaurant, wo viele Leute durcheinander reden und zudem das Geschirr klappert, immer häufiger seine Gesprächspartner nicht mehr richtig versteht, wird einem bewusst, dass mit den Ohren etwas nicht stimmt.

Hörtest – ganz mobil

"Ich hör' da was, das piept so komisch."

Ein dokumentierter Hörverlust ist kein Grund zur Panik, denn ein nachlassendes Hörvermögen haben früher oder später alle Menschen, der eine mehr und der andere weniger. Zurzeit sind in Deutschland etwa 16 Millionen Menschen davon betroffen. Die feinen Haarzellen in unserem Innenohr unterliegen wie alle anderen Teile unseres Körpers einem gewissen Verschleiß und lassen in ihrer Leistungsfähigkeit mit den Jahren langsam nach. Befördert wird das durch den Lärm, dem wir heutzutage überall ausgesetzt sind und der die Haarzellen auf Dauer schädigt. Aber auch andere Einflüsse wie die Nebenwirkungen einiger Medikamente, zu lange und starke Beschallung in Diskotheken und auf Rock-Konzerten, extensiver Alkoholgenuss und starkes Rauchen spielen eine Rolle. Hörverluste können auch als Folge von Krankheiten oder kurzzeitigen und extremen Lärmeinwirkungen wie bei Gewehrschüssen und Silvesterknallern auftreten. Selbst klassische Musik, die ja nicht als Lärm, sondern als angenehmes Erlebnis wahrgenommen wird, kann auf Dauer die Ohren schädigen. Deswegen trägt schon jeder sechste Orchestermusiker ganz diskret einen Gehörschutz. Das sind Ohrstöpsel, die ähnlich wie die In-Ear-Monitore und Im-Ohr-Hörgeräte nach dem Abdruck des individuellen Ohres von einem Hörgeräteakustiker oder einem Speziallabor angefertigt werden.

Recht häufig sind auch Hörsturze, die sich

Der große „Hör-Truck", wurde von der Firma Siemens gesponsert und war 2008 in vielen Städten im Einsatz.

ganz plötzlich und ohne ersichtlichen Grund einstellen. Meistens geschieht das nur auf einem Ohr und begleitet von starken Ohrgeräuschen, manchmal auch von Schwindelgefühlen. Bei einem Hörsturz sollte man keine Zeit verlieren und sofort einen HNO-Arzt oder eine Klinik aufsuchen. Je schneller man etwas unternimmt, desto größer ist die Wahrscheinlichkeit einer vollständigen Heilung. Anders als der Hörsturz ist ein Hörverlust nicht heilbar. Man kann ihn nur durch eine Hörhilfe ausgleichen. In wenigen Fällen kann man einen Hörverlust auch operativ durch den Einsatz eines künstlichen Gehörknöchelchens halbwegs rückgängig machen. Man könnte das als eine Restaurierung des Mittelohres bezeichnen, eine Heilung im eigentlichen Sinne ist das nicht. Die meisten Hörverluste betreffen jedoch nicht das Mittelohr, sondern das Innenohr, das man nicht durch eine Operation restaurieren kann.

Natürlich muss man nicht darauf warten, dass ein Hörmobil in die Stadt kommt, um sein Gehör überprüfen zu lassen. Jeder Hörgeräteakustiker führt gerne kostenlos und ohne jede Verpflichtung einen Hörtest durch. Die Geschäfte der Hörgeräteakustiker finden sich

Straßenhörtest des Forum Gutes Hören.

Hörhilfen im neuen Jahrtausend

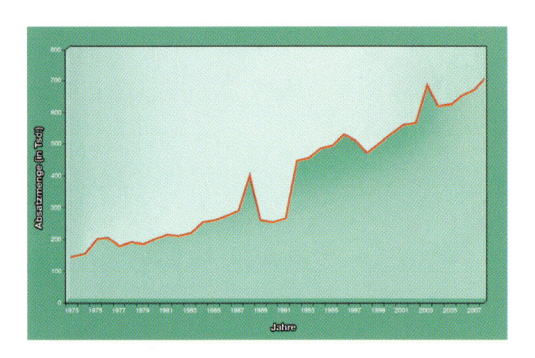

Hörsysteme – ein zuverlässiger Wachstumsmarkt seit vielen Jahren.

Form mehr geben. Stattdessen wird die Industrie weitere mögliche Miniaturisierungen der Chiptechnologien dazu benutzen, immer mehr Transistorfunktionen zu intergrieren. Erinnern wir uns: Noch in den 60iger Jahren hatte ein Hinter-dem-Ohr-Gerät drei, vier oder vielleicht fünf Transistoren auf seiner Trägerplatte, heute sind bis zu 9 Millionen Transistoren auf einem einzigen Chip untergebracht! Sie können immer mehr Rechenoperationen in immer kürzerer Zeit durchführen. Schon gibt es deshalb Überlegungen, diese kleinen technologischen Wunderwerke dazu zu benutzen, noch ganz andere Funktionen zu übernehmen, nämlich solche, die bisher in den Bereich der Unterhaltungselektronik und der Kommunikationstechnologie gehören, wie zum Beispiel Telefonieren und Musik hören. Über die Fernbedienung und das Hörsystem im Ohr könnte man sich auch Stichworte geben lassen, wenn man einen Vortrag hält, oder sich mit einem akustischen Museumsführer oder Navigationssystem verbinden lassen. Der Phantasie sind da keine Grenzen gesetzt. Das würde bedeuten, dass die Grenzen zwischen dem herkömmlichen Hörgerät als Einzelanwendung und anderen Geräten der Konsumelektronik in nicht ferner Zukunft verwischen werden. Statt Hörgerät oder Hörsystem wird man dann „Personal Communications Assitants" oder kurz PCA sagen.

Die Leistung moderner Hörsysteme, die durch die Digitaltechnik und die Miniaturisierung

Noch vor 20 Jahren waren nur 65 % zufrieden.

möglich geworden ist, hat sich auch auf die Zufriedenheit ihrer Benutzer ausgewirkt. Noch in den 80iger und 90iger Jahren kam der Prozentsatz der Zufrieden kaum über 65% hinaus. Heute sind über 90% mit ihrer Hörhilfe zufrieden und finden, dass deren Gebrauch ihre Lebensqualität verbessert hat. Aber man sollte trotz der Erwartungen, die von der Technik und der Werbung geweckt werden, realistisch bleiben. Eine Zufriedenheitsquote von 100% wird man nicht erreichen können, weil es immer Grenzfälle geben wird, bei denen die Hörverluste so ausgeprägt und kompliziert sind, dass auch das beste Hörsystem der Welt nicht den Nutzen bringen kann, den man normalerweise erwarten kann. Es wird auch immer Menschen geben, die mit der modernen Technik nicht zu recht kommen, obwohl die Hörsysteme auf die individuellen Hörgewohnheiten des Benutzers programmiert sind und danach weitgehend automatisch arbeiten. Der Hörgeräteakustiker ist immer bemüht, eine gute Lösung zu finden und auf Wunsch des Betroffenen möglicherweise auch dann ein Hörsystem anpassen, wenn die Erfolgsaussichten beschränkt sind. Aber manchmal enden seine Kunst und die Möglichkeiten der Hörgeräteindustrie. In diesen Fällen würde man ein Implantat oder eine gehörverbessernde Operation in Erwägung ziehen.

Von den Grenzfällen abgesehen, spricht der Erfolg der modernen Hörsysteme für sich. Seit Jahrzehnten wächst der Markt kontinuierlich, selbst in wirtschaftlich schwierigen Zeiten. Auf manchen Luxus kann der Mensch vielleicht verzichten, auf das Hören nicht.

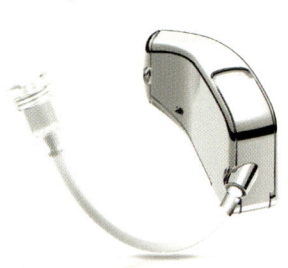

Dieses Serien-Im-Ohr-Gerät verschwindet im Gehörgang. Das externe Mikrophon wird in der inneren Ohrkrempe platziert.

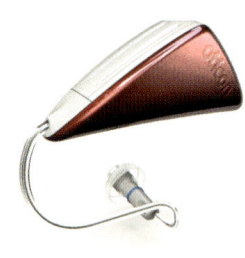

Kleines Hinter-dem-Ohr-Gerät mit Aussenhörer und preisgekröntem Design.

Atome, Moleküle und Elektronen

Andre Geim und sein Team entwickelten den Graphen-Transistor. Von links: Kostya Nowoselow, Irina Grigoriewa und Andre Geim

Sind in der Hörgerätetechnologie noch weitere technologische Fortschritte denkbar? Können Hörhilfen noch kleiner und leistungsfähiger werden? Ja, es geht immer weiter! Das Kohlemikrofon, die Elektronenröhre, der Silizium-Transistor, der Mikro-Chip, alle diese Erfindungen des 20. Jahrhunderts haben die Verstärkertechnik der Hörgeräte jeweils einen großen Schritt voran gebracht. Doch die Wissenschaft ist niemals zufrieden, bevor sie nicht das Äußerste an Perfektion und Leistungsfähigkeit erreicht hat. Im 21. Jahrhundert wird es wahrscheinlich eine ganz neue Technologie geben, die auch die Hörgerätetechnik revolutionieren könnte: der Graphen-Transistor.

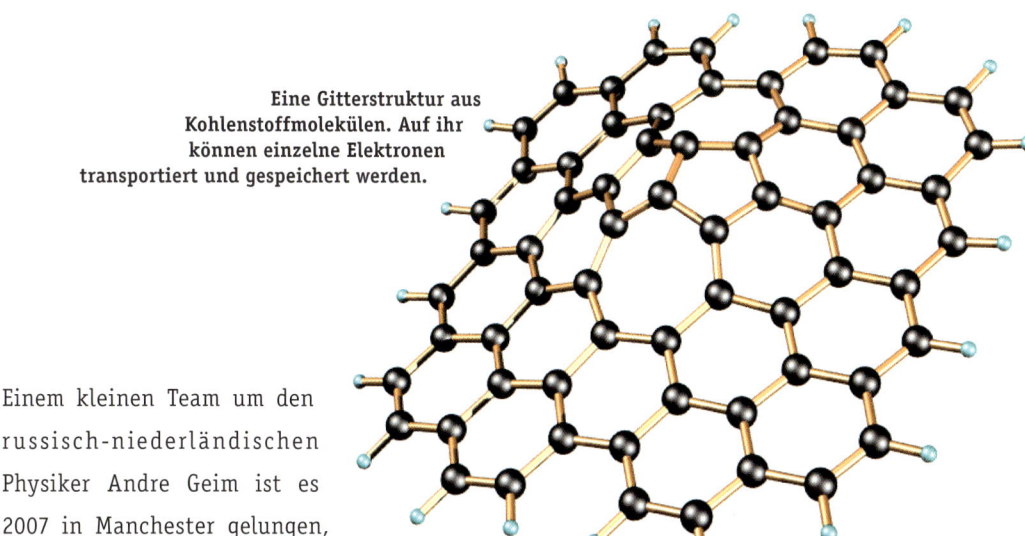

Eine Gitterstruktur aus Kohlenstoffmolekülen. Auf ihr können einzelne Elektronen transportiert und gespeichert werden.

Einem kleinen Team um den russisch-niederländischen Physiker Andre Geim ist es 2007 in Manchester gelungen, die ersten zweidimensionalen Kristalle aus Kohlenstoff-Atomen zu entwickeln, so genannte Graphene. Das sind Gitter aus Molekülen mit nur einer Atomschicht, die als Transistoren eingesetzt werden können, die ihre Ladungen mit nur noch jeweils einem Elektron speichern. Da Kohlenstoff ein exzellenter elektrischer Leiter ist, war das Graphit – und davon abgeleitet das Graphen - von Anfang an für den Bau von elektronischen Bauteilen im Nanobereich interessant. Transistoren aus Graphen sind zehnmal leitfähiger und schneller als die bisherigen aus Silizium.

Doch Geim, der 2009 für seine Erfindung den mit 750.000 Euro dotierten Preis der Körber-Stiftung erhalten hat, dämpft die hochgesteckten Erwartungen noch etwas. Es gäbe noch verschiedene Schwierigkeiten zu überwinden. Er rechnet deshalb frühestens in einem Jahrzehnt mit den ersten Nano-Schaltkreisen auf Kohlenstoffbasis. Der Schritt hin zu noch kleineren Strukturen sei jedoch interessant, um noch mehr Funktionen integrieren zu können. Schon heute seien einige Strukturen eines kommerziellen Silizium-Transistors nur noch wenige Atomlagen dick. Graphen-Transistoren würden das aber noch bei Weitem übertreffen, da ihre Strukturen zehnmal kleiner als die des Siliziums seien.

Hörhilfen würden dadurch nicht mehr kleiner werden können, weil sie bedienbar bleiben und ihren Halt im Ohr finden müssen. Aber sie könnten noch viel leistungsfähiger werden. So wird die Hörhilfe eines Tages noch ganz andere Funktionen beinhalten können als nur das bessere Hören. Denkbar ist, mit einer Hörhilfe zu telefonieren, die Nachrichten zu hören, eigene Musikprogramme abzuspielen und akustische Notizen zu speichern. Auch für die Entwicklung noch kleinerer und leistungsfähigerer audiologischer Implantate für das Innenohr und das Gehirn dürfte diese Technologie interessant werden.

Eingriffe in die Schöpfung

Ein ganz anderer Ansatz, Hörminderungen und Gehörlosigkeiten zu behandeln, kommt aus der Molekularbiologie und der Gen-Forschung. Sie arbeitet seit Jahren intensiv daran, wie man die Haarzellen des Innenohrs durch einen direkten Eingriff in das menschliche Genom zu neuem Wachstum anregen kann. Doch bisher ist man über gezielte Tierversuche noch nicht hinausgekommen.

Man konnte Mäusen zwar neue Haarsinneszellen wachsen lassen, aber hören können sie damit nicht. Das liegt einfach daran, dass die Ankopplung an die Hörnervenzellen bisher nicht möglich ist. Bei Vögeln hat man eine komplette Regeneration der Haarsinneszellen beobachten können, allerdings wurden auch hier nicht alle so wiederhergestellt, dass sich ein vollständig funktionsfähiges Hörorgan entwickeln konnte. Immerhin konnten bisher 40 Gene identifiziert werden, die für das Wachstum des Ohres verantwortlich sind. Dazu konnte man etwa 1000 Gene isolieren, die an der Entstehung von Hörminderungen beteiligt sind. Aber es gibt erheblich weniger Gene die allein dafür verantwortlich sind. Am bekanntesten ist das Gen mit dem Namen „Connexin-26". Im Mittelmeerraum ist es zum

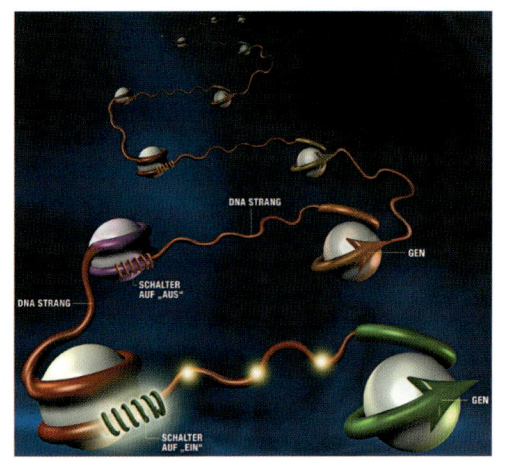

Auf dem DNA-Strang, der alle Erbinformationen des Menschen enthält, kann man „Schalter" einbauen, die bestimmte Eigenschaften an- oder abschalten.

Beispiel für fast 80% der vererbten Schwerhörigkeiten verantwortlich. Das Problem ist meistens, dass man nur weiß, dass ein Gen defekt ist, aber nicht, was seine genaue Funktion im Zusammenhang der Hörvorgänge ist. Dazu kommt, dass es Bereiche im Innenohr gibt, die von verschiedenen Genen gleichzeitig beeinflusst werden, im Endeffekt aber den gleichen Schaden verursachen.

Wenn die noch offenen Fragen beantwortet sind, wollen die Wissenschaftler versuchen, bestimmte Wachstumshormone, die auf Nervenzellen spezialisiert sind, mit Hilfe von Viren oder winzigen Depotpumpen in das Innenohr zu schleusen, um dort auf diese Weise das Wachstum der Haarzellen anzuregen. Dabei gilt es, außer den Problemen der Ankopplung an den Hörnerven und des geeigneten Verfahrens der Einschleusung der Hormone, ein weiteres zu lösen, nämlich wie man das Wachstum der Haarsinneszellen im rechten Moment wieder stoppen kann.

In der gentherapeutischen Forschung der HNO-Heilkunde geht es nicht nur um die Wiederherstellung des Hörvermögens durch gezielte Eingriffe in das Innenohr. Es wurde auch schon versucht, das äußere Ohr des Menschen nachzuzüchten. Das wäre für alle Menschen eine große Hilfe, die von Geburt an keine Ohrmuschel haben oder sie durch eine Verletzung verloren haben. Versuche dazu hat es im Labor in der Petrischale gegeben, wo es immerhin gelungen war, den menschlichen Ohrknorpel aus körpereigenen Zellen auf einem Gerüst aus Polymeren und Fibrin zu einer annähernd gewünschten Form wachsen zu lassen. Ein anderer Versuch hat eine lebende Maus dazu benutzt, auf ihrem Rücken eine Ohrmuschel wachsen zu lassen. Die hat dann zwar die halbwegs richtige Form, aber nicht das richtige Gewebe. Und schließlich träumt die Wissenschaft davon ein gesundes menschliches Ohr einfach zu „klonen" und als körpereigenes Ersatzteil für den betreffenden Menschen bereit zu stellen.

Ob die gentherapeutischen Verfahren jemals zur Anwendung am realen Menschen kommen werden, ist noch ungewiss. Auf jeden Fall wird es noch Jahrzehnte dauern.

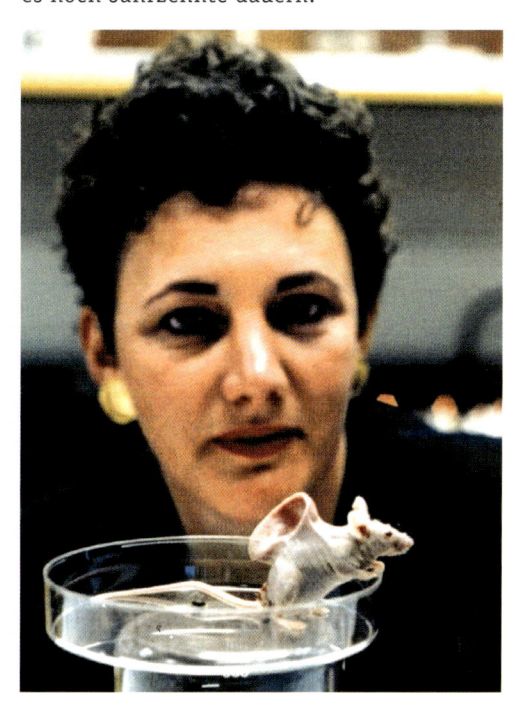

Die Moderatorin der BBC, Vivienne Parry, zeigte 1995 ein im Labor gezüchtetes Ohr, das auf dem Rücken einer Maus weiterwachsen konnte. Doch weiter ist die Wissenschaft bisher nicht gekommen.

Prominente Hörgeräteträger

Von links nach rechts: Ernest Borgnine, James Stewart, Leonard Nimoy, Jack Klugmann, Barbara Streisand, Bill Cosby, Karl Malden, Roman Polanski, Woody Allen.

Von links nach rechts: Henry Fonda, Frank Sinatra, Kirk Douglas, Sally Field, Peter Graves, Bob Hope, Tony Curtis, Phil Collins, Jodie Foster.

Bildnachweise

(6) dpa/picture alliance (9) Widex (11) Fritz Wendler (12) Fritz Wendler (13) John Gurche (15) Blueshade/R. Hüls (16) 1,2 dpa/picture alliance (17) Wikipedia (18) 2. Lindner (19) Henochorden (20) 1. Ägypt. Museum Kairo 2. Museum f. Kunst u. Gewerbe Hamburg, 3. Ny Carlsberg Glyptoteket Copenhagen (21) 1. Botticelli 2. dpa/picture alliance 3. Coinmercial (22) 1. dpa/picture alliance (23) dpa/picture alliance (24) dpa/picture alliance (25) 1, 2 dpa/picture alliance (27) 1, 2 dpa/picture alliance (28) 1. Kulturverein Furthmühle-Pram 2. Museo Nazionale, Neapel (29) 4. Lindner (30) dpa/picture alliance (31) dpa/picture alliance (32) Bibliothèque National de France (33) The British Library (34) Kircher, Phonurgia Nova (35) Catholic Press (36) Catholic Press (37) Gemeinde Überherrn/Innocentia Verlag (38) Gemeinde Überherrn (39) Innocentia Verlag (40) 1, 2 Innocentia Verlag (41) Kircher, Phonurgia Nova (42) 1,2,3 Kircher, Phonurgia Nova (43) 1,2,3 Kircher, Phonurgia Nova (44-45) Museum für Hamburgische Geschichte (46) Beethoven Haus Bonn (47) ZDF (48) 1, 2 Beethoven Haus Bonn (50) 1, 2 Beethoven Haus Bonn (51) British Museum (52) Bridgeman Art Library, London (53) Eduard Schmalz (54) 1,2 Archiv Innocentia Verlag (55) Goldstein Collection (56) The Tate Gallery, London (57-60) Innocentia Verlag/ Christoph Reinhardt (61) Maike Kollenrott (62) 1. Innocentia Verlag/Christoph Reinhardt 2. Elisabeth Bennion (63) 1, 2 Holger Scharnberg (64) 1, 2 Becker Library (65) 1. Oticon Foundation 2. Holger Scharnberg (66) 1, 2 Becker Library (67) 1. Schiller Theater/Staatsarchiv Berlin 2. Engelmeier Archiv (68) Innocentia Verlag (69) Sammlung Holger Scharnberg (70) Sammlung Holger Scharnberg (71) American Artifacts (72) Aus: K.Berger, The Hearing Aid (73) 1,2,3 American Artifacts (74) 1, 2, Becker Library (75) Wikipedia (76) 1. Deutsches Postmuseum 2. dpa/picture alliance (77) 1,2 dpa/picture alliance (78) Wikipedia (79) dpa/picture alliance (81) Archiv Albert Mudry (82) Archiv Innocentia Verlag (83) dpa/picture alliance (85) Akademie für Hörgeräteakustik (86) Siemens & Halske (87) dpa/picture alliance (88) Edison National Historic Site (89) 1. Oticon Foundation 2. Sammlung Arnoud Beem (90) Akademie für Hörgeräteakustik (91) 1,2 Wikipedia (92) Wikipedia (93) 1. Wikipedia 2. Sammlung Arnoud Beem (94) 1,2,3 Wikipedia (95) 1. Sammlung Arnoud Beem 2. The Hearing Aid Museum (96) 1. Billeddatabasen/Odense Bys Museer 2. Oticon Foundation (97) 1,2 Oticon Foundation 3. Deutsches Museum, München (98) 1. Sammlung Arnoud Beem 2. Neuroth AG (99) 1,2 Wikipedia (100) 1. dpa/picture alliance 2. Wikipedia (101) Innocentia Verlag/Christoph Reinhard (102) 1. Sammlung Arnoud Beem 2. Landesmedienmuseum Hamburg (103) 1. The Congress Library 2. Militär Museum Prag (104-106) Berthold Ollmann/Jürgen Rombkowsky (107) dpa/picture alliance (108) Wikipedia (109) 1. dpa/picture alliance 2. Becker Library (110) 1. Innocentia Verlag. Danavox/Aditone 3. Siemens (111) 1. Horst Wendt 2. Siemens (112) Siemens (113) 1. Coselgi 2. Siemens (114) dpa/picture alliance (115) 1. Wikipedia 2. dpa/picture alliance (116) P.C.Werth (117) 1. MovieMarket 2. dpa/picture alliance (118) 1. P.C.Werth 2. dpa/picture alliance (119) Getty Images (120) MovieMarket (121) Movie Market (122) dpa/picture alliance (123) Churchill Archives (124) Getty Images (125) 1. dpa/picture alliance 2. wikipedia (126) dpa/picture alliance (127) The Hearing Aid Museum (128-131) White House/Reagan Library (133) Associated Press (135-136) White House/Clinton Library (137) dpa/picture alliance (138) Bundespresseamt (139) dpa/picture alliance (140) Andreas Laible (141) Widex GmbH (142) 1. dpa/picture alliance 2. Archiv Innocentia Verlag (143) dpa/picture alliance (145) Phonak (146) Ernst Ströer/Photo: Marc Dietenmeier (147) Action Press (148) 1. Bernafon 2. Starkey 3. GN Hearing (149) 1. Siemens 2. Hansaton 3. Interton (150) Oticon Foundation (151) 1. Forum Besser Hören 2. GN Hearing GmbH (152) 1. Phonak 2. Phonak 3. Knowles (153) 1. Wikipedia 2. Phonak. 3,4 Knowles (154) Fördergemeinschaft Gutes Hören (155) Innocentia Verlag (156) Innocentia Verlag (158) dpa/picture alliance (159) NASA (160) Fördergemeinschaft Gutes Hören (161) dpa/picture alliance (162) Starkey Foundation (163) 1. Innocentia Verlag 2. Starkey Foundation (164) Akademie für Hörgeräteakustik (165) 1. Innocentia Verlag 2. Fachhochschule Lübeck (166) Akademie für Hörgeräteakustik (167) Innocentia Verlag (168) Cochlear GmbH (169) Cochlera GmbH (170) Implex AG (171-173) Cochlear GmbH (174) Oticon GmbH (175) Widex GmbH (176) Oticon (177) HörTech GmbH (178-179) Innocentia Verlag (180) Hear the World Foundation (181) dpa/picture alliance (182) Hear the World Foundation (183) 1,2 Hear the World Foundation (184-187) Innocentia Verlag (188-189) Oticon GmbH (190) dpa/picture alliance (191) dpa/picture alliance (192) 1. dpa/picture alliance 2. Egger 3. Hear Safe (193) Stefanie Nolte (194) Marc Donner (195) 1. Siemens 2. Forum Gutes Hören (196) 1. Innocentia Verlag 2. Siemens (197) 1. Siemens (198) 1,2 R.Hüls/B.Lindner (199) 1. GN Hearing GmbH 2. Oticon (200) Körber Stiftung/Friedrun Reinhold (201) Chris Ewels (202) Christina Ullmann/Eberly College of Science (203) dpa/picture alliance (204-205) Hüls/Lindner (206-207) Movie Market

Bemerkung: Nicht in allen Fällen konnten wir klären, wer die Urheberrechte des Bildes besitzt. Und wo dieses möglich war, konnten wir nicht immer die Adresse zwecks Kontaktaufnahme ausfindig machen. Sollten wir irgendwelche Urheberrechte verletzt haben, so bitten wir, sich mit dem Innocentia Verlag in Verbindung zu setzen.